靈感是愛人，編輯是敵人——
對擁有天照之力的小說家而言，這是一個觸摸得到的現實。

天照小說家的編輯課

Editing Course of Amaterasu Novelist

李偉涵—著

目錄

作家篇

編輯篇

作家篇

Author

Chapter 1

編輯，我要殺了你！

「不要，」樹慈低聲警告：「再過來了。」

「你這樣對她沒有任何好處。」邵京平毫不畏懼，手上擒著那把巨大的死神鐮刀，繼續在這片廣袤的草原前進。他的目標是樹慈身後、那株攀長在懸崖邊、足以蔽天的參天大樹。

「這株樹有它存在的必要。為了孵育這株樹，這五天來她睡不到三小時。」

「你也別緊張，我只是想修剪一下它的枝枒。」用這把死神大鐮刀。

「你的眼神不是這麼說的。」

「我有權利對她這麼做。」

「我也有義務要保護她。」

「你讓不讓開？」

「我不能讓。」

京平是小看樹慈了。他以為這個總是對他主人笑嘻嘻的慵懶大個兒很好說話，可他忽略了——一，他不是他主人，二，他還是他主人的敵人。

雙方一旦堅持起來，就會引爆戰爭。

因為他們都擁有「天照之力」。

京平揮舞起那把死神大鐮刀，好像手指轉鉛筆似的輕鬆愜意。

「今天這株樹我砍定了，你別怪我不客氣。」

「你放心，我連一片葉子都不讓你碰著，你別見怪。」

蓄著浪人綁髮的樹慈拔了小馬尾的髮圈，順著此時掀起的大風，他那頭半長的捲髮不但順勢被拉成了一披像是聳起的狼鬃般狂野的長髮，更像水洗似的，洗淨成一頭美麗優雅的月色。

他再伸手抹了一把臉，手一放下，他本來英挺柔和的臉上，憑空生出了五隻眼睛——每一隻眼睛都充滿了怒火，讓他本就不俗的身形看起來更是剽悍。

「想必你就是金剛夜叉尊，久仰大名。」

「你是故意的嗎？」樹慈冷冷地說。

「什麼意思？我不懂。」

「小輕一直不希望讓你看到我的真身，你卻步步進逼。逼出我這副樣子，你高興了？」

京平斜著反派一律具備的邪惡嘴角——反正在這對主僕眼裡，他連伸個懶腰都是威脅，他也不想為自己辯駁了。

「面對這麼棒的敵人，當然是迫不及待地要——切磋切磋嘍。」

京平率先衝了過去，先發制人，樹慈的速度也不惶多讓，展開了絕不讓他逼近大樹的氣勢。若有外人觀戰，會發現兩人兵戎相向的時間不過是眨眼的瞬間，可是就在這瞬間兩人已過了十數招。

當雙方被彼此的力量隔開，京平有了點餘裕看向自己的兵器——嘖，果真是金剛夜叉尊，怒火熾燒的能量把他的鐮刀砍得坑坑洞洞。但他毫不慌張，多年和各種「天照」對戰的經驗，他的大鐮刀早已身經百戰。他只消伸指一抹，鐮刀刃又恢復了光亮、銳利。

倒是樹慈此時的模樣，讓他的視線忍不住駐足一番。畢竟在現實生活中看到的樹慈，就像個鄰家大哥哥一樣穿著破舊的牛仔褲、緊身的黑色棉衫，看起來慵懶、悠閒、和善，偶爾不經意地垂眸看人還會露出成熟的性感，這樣的他總是笑嘻嘻地黏著口中的「她」上上下下，絕不離開她半步距離。

然而此時的他卻化身為金剛夜叉尊的天照真身，一派古風交領衣裹緊他精實的腰身，下身包覆造型俐落貼身的青銅鎧甲；持刀的右手則套入防護用的青銅籠手，左手纏繞著一條布滿荊棘的鞭繩，剛才便是刀鞭渾然為一，使他的鐮刀出擊根本近不得他的身。

再看他右手握著的那把刀——乍看是一把輕便、無刀環護手、優雅細長的長劍，細看卻是一把刀身極窄、刃面彎曲而鋒利的單刃砍刀，刀背處更嵌有銀絲與珊瑚珠寶，構成了中亞式的威勇兼華麗的風格。隨著持刀主人劈擊的力量展現，紅珊瑚彷彿受到鼓舞，發著燦爛而嗜血的深紅光芒。他們稱呼這把兵器為「牧刀」，用來「牧守」這個「空間」的人事物。

看著這尊不易擊倒的敵將如此靈活熟稔地駕馭這把牧刀，攻防之間滴水不漏，京平竟是心滿意足地笑了。

「不虧是我找到的傢伙，才可以生出你這樣具有爆發力的天照。你知道嗎？只要你一出現，她創造出的空間就會充滿旺盛的生命力，那種生命力往往可以衝出極端壯闊的景致，讓她塑造出的世界獨一無二，具有十足的辨識度。」

樹慈甩著刀，蓄著第二波出擊的力量。

「這株大樹就是因此而生，而你現在卻要傷害它？邵先生，你似乎前後矛盾。」

「好吧，那我也再補充一點——」一直都用單手持著鐮刀的京平，左手也握上了刀把，看來是不打算放水了。「雖然極具生命力與辨識度，但是也——破綻百出！」

大風再起，兩人腳步彷彿乘風，又以沖天般的速度向彼此衝刺、對撞、相擊，結果樹慈的荊棘鞭雖然將京平的左手拉開了握把，但右肩仍被雄武的鐮刀逮到機會、削進了肉裡；京平的鐮刃縱然隔開了樹慈牧刀的揮砍，卻不慎被他額頭上的怒目抓個正著，那隻眼瞳正火火地瞪視著他，試圖逼他低頭下跪——那是一股比地心引力更強悍、玄乎、近乎神蹟而無法言喻的壓力。

「給我下跪！」樹慈咬牙切齒。

「別開玩笑，我是基督徒，不和佛下跪！」京平齜牙咧嘴。

「既然是你主動找上我們的，你不是該對她付出更多尊重嗎？」

「尊重和放縱只有一線之隔，我有我的本分，我要恪守職責！」

「我絕對不會讓你傷害她！」

「我今天就要逼她對我俯首稱臣！」

兩個乾脆異口同聲一起喊：「我．要．殺．了．你——」

「住手！」

忽然，一個嬌小的女孩殺了出來，她一手握住京平的鐮刀刃，一手遮住了樹慈的額頭目，苦苦哀求：「不要再打了！」

看到樹慈的肩膀淌著血，她紅著眼眶。「不要傷害慈哥……拜託你，邵先生。」

壓力驟減的京平鬆了口氣，但他仍面不改色地瞪著女孩：「戰鬥還沒結束，妳給我讓開。」

樹慈倒是沒了金剛夜叉尊的怒火與戾氣，臉上滿滿的掛心：「小輕，手放開，妳的手絕對不可以受傷，妳還有很多事要做不是嗎？」

女孩深吸口氣，正色對京平說：「邵先生，我，修稿就是了。」

京平瞇著眼。「真的？」

「是……我會照你編註下的建議修稿。」女孩低著頭，淒涼地說。

京平哼了一聲。「妳手放開。」

他抽回了鐮刀，樹慈的臉猙獰了一下，但比起自己的傷勢，他更在乎女孩的手有沒有被鐮刀傷著。

「小輕，手，給我看看，快……」

「沒事啦，慈哥，我沒有……」

樹慈卻是全身僵硬。「血，是小輕的血……」他臉上的五隻怒目又振奮了起來，齊齊刺向京平。「你讓她流血——」

女孩乾脆將樹慈的五隻眼全摀好，溫聲地哄著他：「沒事沒事我沒事，慈哥，我真沒事，你休息一下啦！我說過你一次露出五隻眼我會怕，快點收好啦拜託……」

京平收起了鐮刀，默默地看著這尊怒氣昂然的金剛夜叉尊頓時被女孩馴服成乖巧的拉布拉多犬——樹慈終於恢復成平常清清淡淡的樣子。

「好了，我們回去修稿吧，我會努力的，相信我。」女孩握上樹慈的手，替他撥了撥垂下的瀏海，樹慈則是彎著腰，一臉舒適地讓她的手蹭著，但偶爾還是露出了心疼而深情的垂眼注視著她。

「等一下。」京平說。

樹慈馬上怒目，變臉像翻書。

京平從口袋抽出了面紙。「手伸出來。」

「咦？是……」女孩顫顫地伸出了手。

京平用面紙敷住了女孩的傷口。

「下回，不准給我徒手抓刀。」

女孩縮著身。「對、對不起……」

「我可不希望我手上負責的作者用不能打字作拖稿的藉口。」

「呃……是。」

京平鬆開她的手，一副寡情的晚娘臉孔，命令道：「退出空間，到我辦公室約交稿。快。」

Chapter 2

妳是小說家吧？

一如樹慈說的，最先發現輕書的「能力」、並主動找上她懇談的，是京平。樹慈一直不肯改口，稱這段緣分叫「孽緣」。

這段孽緣始自萬畝市區的一家動漫書籍與周邊的專賣店。

那天下班，京平被分派到去各家書店查看實體書鋪貨情形的工作。

「您好，我是邵京平，請多多指教。」他向店員遞上名片。

「……」

「怎麼了嗎？」他發現女店員多看了他兩眼，然後癡癡地笑了。

「沒事，請問我可以幫你什麼忙？」女店員的笑不知為何有點葷。

渾然不知這種葷店的危險性的京平，告訴女店員他拜訪的目的與業務內容，希望她准許他在店內逗留半小時，觀察一下讀者選書的動向，並且拍照記錄。

「當然沒問題，站哪裡都可以，你方便就好。」

「那就這裡。」

「……」女店員又出了一會兒神。

「這裡不行？」

「沒事沒事，我說了，你方便就好。對了……我可以跟你合照一張嗎？」

京平不疑有他，想說書店也是要做業績報告的，便和女店員自拍了一張。當然，他不會知道自己的照片當晚被傳上了社群網站「U&M」的社團專頁，下的標題是「今天遇到一個適合當傲嬌攻的型男編輯，看起來不太好親近可是好帥喔嗷嗷，跟他拍照了呢啾咪」。而直到他離開店裡前，他也完全不知道他背後壓著一張壁報，上頭有兩個裸身交纏在一起的男人。

在記事本記下了一些情報，拍了幾張現場照片，正要離開時，他聽到隔壁的書櫃傳來了一段對話……

「慈哥，我突然想寫BL耶……」

「小輕會寫嗎？」

「雖然是第一次，但是我很清楚步驟喔，不要小看我，我看了不少！」

「我沒有小看妳，我只是不知道……我可不可以勝任。」

「慈哥當然沒問題。不過你想做撲倒人的還是被撲倒的？」

「……小輕的意思是，我想做攻還是受嗎？」

「是啊是啊，原來慈哥也知道這麼專業的術語。」

「小輕每天躺在我身上看到睡覺，我多少也讀了一些。」

「哦哦哦——被慈哥這麼一鼓勵，我真的想來寫一篇了！」

「小輕冷靜，現在在外面，不要這樣，我會……」

「好啦好啦，我會忍著，你不要出聲喔。你出聲我就真的忍不住了。」

「……好。」

「那我可以買新刊嗎？」

「上週不是才買過嗎？」

「拜託！就當作是新作品的資料書可以嗎？」

「可是收支簿上有超支的狀況，妳這次買了，下個月的生魚片基金會少一次。」

「沒關係！成大事者，生魚片亦可殺！」

「不過根據之前的經驗，小輕最後還是多吃了一次生魚片。」

「我發誓我發誓！我不吃我不吃我不吃！我是真的很想模擬慈哥被撲倒的狀況，我一定會努力向上，不負這生魚片的犧牲！我一定會讓慈哥被撲得痛苦又揪心——賺人熱淚！」

「……妳都這麼說了，我還能說什麼呢？」

「耶！慈哥最好了！」

「我的死穴都被妳抓住了，是不是？嗯？」

京平按耐不住，駐足聽了一陣子。

是情人嗎？還是兄妹？不論他們是什麼，這男人胸襟真大，甘願為了他的愛人或妹妹，成為BL的實驗品？而且他們其中一段對話還真是引人遐想。

最後京平實在太好奇了，繞了過去，想看看這對情人或兄妹長得什麼樣子，又是用什麼樣的表情在進行這段對話。

他先是看到了女孩。他覺得那女孩很鄰家，美醜談不上，就是一個很平凡、平凡到讓人一眼晃過就忘的形象，唯一可以加強辨認的就是綁了一頭可愛的馬尾、戴著一只草莓髮箍、鼻樑上掛著一只圓圓的粗框眼鏡。不過他倒是對她開心地拿著手機說說笑笑的模樣感到印象深刻，畢竟任何人談到自己最喜歡的事情，那表情永遠是最光亮燦爛的……等等！她拿手機說話？

「那慈哥，我要買這本、這本加那本！」她拿著手機繼續說。

「太多了喔，小輕，那本放回去。我們先去租書店租，好看下次再買。」問題是，除非她開擴音，他不可能聽到對方的聲音啊。

「不要，租書店都租不到，我要這本啦拜託！」

「只能三擇二。」

「討厭！」

「數到三，放回去，晚上就讓妳撲倒。一——」

京平跨大腳步。

「二——」

拿著手機、假裝自己在跟話筒的另一端對話，事實上她正在對話的人就在她眼前，拿手機或許只是一種掩飾——

「三——」

而這種掩飾完全逃不過同樣擁有「玄眼」的自己——

啪啦啦啦——京平的動作太大了，搞垮了矮櫃上的書塔，也嚇傻了女孩，還有……她身旁的男人。

店員趕來了。「怎麼了、怎麼了？沒事吧？」

店員的眼睛掃過了京平，也掃過了女孩，但是，就是沒有掃到男人。

京平更確定了。

三人合力將書本撿起來，女孩抱著她選好的漫畫就要溜走去結帳，京平叫住了她：「等一下。」

女孩怯怯地轉過頭。「有、有事嗎？」好像做了什麼虧心事被抓到似的。

京平看著女孩，又看了一眼守在她身後、正不善地打量他的男人。

他這看一眼的舉動，讓女孩恍然大悟。

「你……你看得到慈哥？」

京平點點頭，女孩驚訝地O著嘴。

「妳是，『天照』。」他說的是肯定句。

「呃……天照？確、確實有人這麼說過。」她承認了，但顯然對這個專有名詞不大熟悉，唸起來有些饒舌。

「妳會，開空間？」

「對。」這話由男人代替回答。他一個箭步上來，一把攬住了像小鳥一樣嬌小的女孩，隔開了她與京平。真親眼看到了男人精實的體格與氣場，京平覺得這傢伙怎麼看都不像是說出「今晚可以讓妳撲倒喔」那種溫和無害的善類。

但這也情有可原，「主人」有被其他天照攻擊的危險，身為「武器」的天照是不會置身事外的。而且若沒有玄眼，還無法看到這把武器的存在——這只代表了一個事實……

「妳還會，生成『武器』？」

「武器？」女孩一臉狀況外。

「沒錯。」依舊是男人回的話，並附帶一句溫和有禮但也隱著殺氣的警告：「所以，請你不要靠近她好嗎？她不習慣外人靠她太近，退後。」

這樣就可以解釋為什麼她要假裝在講手機，又為什麼女店員等外人都看不到這麼可口的男人的原因。再加上剛剛聽來的片段對話加以推敲，京平最後得出一個事實——

「妳不但是霸王型天照。」

「啥？」

「妳還是個，小說家……吧。」

「呃，不敢說小說『家』，但是確實有寫小說……等等，你怎麼知道？」

京平馬上雙手遞上名片。「請妳務必收下。」

「——咦咦咦？」

「請妳回去將妳的作品寄給我看，這是我的 e-mail，拜託了。」

女孩讀了名片，又瞠著眼，想把他看得更清楚，確認他不是一場夢或由她旺盛的想像力生發的幻象。而男人很明顯就與他不對盤，相信為了保護主人而渾身敏銳的他一定也從他身上感受到了某種險惡的氣息。那是同類相斥的必然結果。

沒錯，就是這種感覺。

所謂「天照」，若要白話一點介紹、讓每個人都恍然大悟，便是「陰陽眼外加做白日夢、並將白日夢具象化」的一種能力，因為所有人多多少少都有這樣的力量，只是在實踐上強弱有別。這種能力強到一種階段，便能生出「玄眼」看到「鬼」，此「鬼」並非靈異現象，而是出自人心中種種情緒的具體化身；相對的，「玄眼」也是一種門票，得以出入各種「空間」——所謂空間，便是擁有「天照之力」的人利用自己的意念或想像所構築出的世界。

有些人的想像力規模宏大縝密，善於建立維持空間的運作，這類人稱為孵育型的「文天照」；也有人的想像力可能不善經營空間，而有更強的集中力生成強大的「武器」，殲滅在人際間潛伏的各種「妖魔鬼怪」，他們便屬於擊殺型的「武天照」。

當然，小說家不一定都是優秀的天照——有些人寫小說不是因為他有很多夢，而是為了錢與生活；但能成為孵育型的「文天照」的小說家，一定會具備豐沛又厚實的想像能量，絕不是寫了一本就曇花一現的一書作家；而能夠構築空間、又能生成武器，武器甚至是獨立的生命個體，有自己的言語、思想與感情能力，儼然就是一個活生生的人，更只完全臣服於誕生他的主人，而此刻這把武器還想將他碎屍萬段，充滿了桀傲不遜的爆發力，正代表了不論如何砍殺都將永遠不滅不毀的創作魂——這種「霸王型天照」可遇不可求，絕對有收服的價值與必要！

京平始終相信自己的預感，現在預感告訴他——這個女孩就是他一直尋覓、並值得他加以琢磨的璞石。

這便是京平與樹慈、輕書之間孽緣的開始。

Chapter 3

好棒、好厲害、快……快給我靈感！

不用上班的週六，輕書把週一到週五的眠都給補了回來，一睡睡到十一點。

樹慈敲著房門，溫柔地喚著：「小輕，起床嘍，我煎了法國吐司，冷了就不好吃了。」

這麼沒有威脅性的叫床只是讓輕書滾了一圈、捲成一只蛹，然後繼續安眠著。樹慈只好走進房，把這只蛹擁進懷裡，用臉頰蹭了蹭。

「小輕、小輕，呼叫小輕，快起床。」

「……再十分鐘。」

「小懶豬，不可以，下午的約會會遲到。」

「啊，對，有約會……那再十分鐘。」

「好啊，妳繼續睡，哥哥幫妳換衣服。」

輕書有點清醒了。「我今年二十三了我自己換……但是再十分鐘。」說完，頭又一歪，枕在樹慈的裸背上繼續睡。

樹慈只能寵溺地苦笑，最後把這只小蛹扛上餐桌。

「小輕，要牛奶還是柳橙汁？」樹慈開冰箱問。

輕書的眼還沒完全張開。「柳橙汁……等等，慈哥，你穿件衣服吧，不要光著身跑來跑去。」

「怎麼？妳害羞？從小看到大的。」只穿著一件低腰牛仔褲、人魚線與腹肌免費大放送的樹慈坦蕩蕩地展開雙臂，再送她眼睛吃胸肌冰淇淋。

輕書卻是像看電視新聞那樣的呆滯眼神。「你知道我不害羞的。」

他幫輕書倒了柳橙汁，又說：「而且我覺得小輕還需要我，我捨不得穿衣服，我想好好地感受小輕的需要。來，柳橙汁。」

「謝謝……還有馬鈴薯蛋沙拉嗎？慈哥昨天早上做的，好好吃。」

「還有喔，等我。」

替她挖了一球馬鈴薯蛋沙拉後，樹慈蹲下身，下巴靠在輕書的早餐盤旁，癡癡地望著她惺忪的模樣，深情款款地說：「昨晚好棒喔，小輕。妳今天賴床，都是哥哥的錯，我應該阻止妳，讓妳午夜前上床的。」

輕書半瞇著眼，享受著法國吐司融合馬鈴薯沙拉的滋味。「慈哥，你這樣說會讓人想入非非喔。」

「想入非非就想入非非，這裡不就只有我和妳嗎？還會有其他人？嗯？」

「以後如果我有編輯的話，你要克制點才行呢。」

樹慈一愣，臉色沉了一下。

他伸手，輕輕地撫著輕書像花栗鼠一樣嚼動的臉頰。

「小輕，我們現在這樣不好嗎？妳確定要有外人介入？」

輕書小皺眉。「慈哥，我以為我們之前已經談得很透徹了。」

「我知道……」

「那個邵先生說我的《降神》系列寫得很好，你也看到他的 mail 不是嗎？」

「小輕本來就很好，部落格的讀者不是都這麼說嗎？我們不缺那種人的證明。」

「可是慈哥，那個人是編輯——編輯耶！如果照十年前還有紙本投稿這檔事，我就等於第一階段過稿了。而且那封 mail 裡的心得不是『好好看』、『敲碗敲碗』幾個字就打發了，他真的有一字一句細細地讀，他也指出了我好多盲點，我覺得他很用心，也真的有那份誠意和我們合作。」

「小輕，我都明白……」

「慈哥不覺得這對我們來說是個天大的好機會嗎？我被肯定了，你也被認同了，我可以讓慈哥被更多人看到！我希望更多人看到慈哥的魅力啊！」

「小輕。」樹慈溫柔地摀著她叨叨不停的小嘴。「乖，先聽我說，我只是怕……」他啞著嗓，艱困地說：「如果小輕有一天不再愛著哥哥呢？」

輕書瞠著眼。

「如果那個邵先生有一天覺得我是妳的累贅怎麼辦？如果他要我離開小輕怎麼辦？如果我無法再參與小輕創造的世界怎麼辦？如果哪一天妳再也不會因為哥哥而興奮了怎麼辦？那我……」

樹慈越想越傷心，眼神都迷濛了，氣息也急促了，雙頰更是潮紅著，他的話音再出，近乎呻吟了：

「哥哥可是會寂寞到灰飛煙滅喔……」

「不要動！慈哥！」輕書卻跳下椅子。「你這個表情好讚。」

「……什麼？」樹慈只覺得自己傷心到喘不過氣了。

「我要好好記住你這個表情，這完全是小受被撲倒的表情啊，沒想到像頭獅子般陽剛的慈哥也有這種表情，太讚啦！不要動喔，等我回房拿筆記本，絕對不准動喔等我回來——」

她邊說邊倒退回房，拿到了筆記本又馬上火速衝出，結果不小心絆到了沙發腳，眼看就要摔個亂七八糟——但有樹慈在的地方，根本輪不到輕書摔倒，她被大臂一攬，又安安穩穩地回到了樹慈的懷裡與餐桌前。

樹慈沒收她的筆記本。

「小傻蛋，不要胡鬧了，結束話題，快專心吃早餐。」

「不要不要，我的筆記本，快還給我！我會忘記啦！」

「沒關係，哥哥幫妳記得了，妳還想看，我攤給妳看。」

「不行不行！慈哥又不是不知道，靈感跑掉這回，下回就不一樣了啦！」

「小輕，乖，別爭了，先吃早餐好不好，嗯？來，我餵妳……」

輕書只好使出殺手鐗——摟住樹慈的裸腰，朝他最敏感的腹肌地帶磨蹭、撒嬌加吹氣，只見樹慈一身顫慄，身子一軟，仰頭低喘了一聲……一時不察，便讓輕書一躍，奪回了她宇宙無敵霹靂可愛的靈感筆記本，她連忙翻開、緊急寫著一行又一行只有她看得懂的天書。

「小輕……嗯……不要這樣……啊……」

「別怕慈哥，順著走啦！相信我！」

「不行，早餐先……啊……小輕……啊……那裡不行！」

「沒關係，抓著我！解放吧慈哥！」

「啊……小輕……啊……好棒……嗯……好厲害……妳這個壞孩子……」

神奇的是，隨著天書一一現跡，樹慈就像經歷了一場天堂般的愛撫與高潮一樣，全身泛起熱汗與潮紅，肌肉緊繃得美味又可口，最後甚至無力支著身體，只能慵懶地賴在輕書的背上喘著綿長黏軟的靡靡之音……

記完筆記的輕書心滿意足地闔上筆記本，吃了一口早已冷掉的法國吐司。

「啊啊，得到好靈感後的早餐，吃起來是多麼美味啊。唉呀，慈哥，好熱，不要靠我這麼近。」

「不行……」乏力的樹慈貼著輕書的脖頸，朝她耳朵吹氣。「都把我吃乾抹淨了，小輕要對哥哥負責才行……」

「嘿嘿，慈哥還搶我筆記本，我看是你快忍不住呢，我要幫你宣洩宣洩才行，這是身為主人的義務啊。嘖嘖，昨晚我們都大戰到凌晨三點了，慈哥應該都被我拆吃入腹了，怎麼今早還這麼有體力啊，好厲害，不虧是我的慈哥，根本就是一頭雄獅。」

「小輕不是說這種說法會讓人想入非非嗎？」

「唉唷，這裡只有你和我，怕什麼？」

半長的捲髮被汗水斑駁在額際的樹慈，垂著性感水潤的眼，凝視著輕書：「……我們，真的可以一直這樣在一起嗎？」

「十多年了，我們一直都是這樣，不是嗎？」

「即使……妳有了編輯？」

「慈哥。」輕書轉過頭，認真地望著樹慈：「我才想要說，你不會放棄我吧？」

樹慈有些慌張，將輕書摟得更緊。「這什麼傻問題？小輕怎麼會有這種念頭？」

「你會跟我一起面對，那個可能會對我大刀闊斧的編輯，對不對？」

樹慈這才發現，不只有他在恐懼，輕書也同樣害怕著——將要受到約束、卻也有更多機會與未來的創作之路。

樹慈抓緊輕書的小手，親吻她的臉頰。

「沒有小輕，哥哥什麼也不是。」

輕書呼了一口氣，用力地點點頭，也笑了。

「嗯！為了慈哥，我會勇敢的。」

Chapter 4

霸王型天照想什麼都能成真！

輕書與京平約在萬畝捷運站的連鎖咖啡館「虎斑貓」見面，京平先到了，選了個角落入座，不怕被打擾，也不怕被外人看到他們實質上進行的是一場三人對話。似乎提前到了很久的京平，正讀著一本看起來很高深的小說——還是原文的！

輕書忽然不敢前進。她低頭瞧瞧自己的穿著——一件潮T、小短褲、及膝襪、帆布鞋，明明就出社會了，衣櫃裡卻還是大學生的行頭。可看看這位地道的文青，身著最能襯托自己身形的休閒襯衫與有些嬉皮的七分西褲，腳踏足以彰顯品味的樂福鞋，更手拿一本厚厚的原文小說，品味完全無懈可擊。雖然是一派假日悠閒的藍色與大地色系的搭配，但仍能從他服飾上挺立的燙線知道，不論是休假還是工作，他都會一絲不苟地認真對待。

如果她走過去、坐在他面前，那麼，她就承認了她的創作才能被肯定的事實，卻也等同迎接了可能有更多否定的未來。創作將不再是自己與樹慈的事，她必須敞開大門，讓帶著鐮刀、對他們有著生殺大權的死神進入……如果真面臨了驚天動地的變動，她有沒有能力抵禦死神呢？她可不可以保護樹慈呢？她又想起樹慈難得脆弱不安的撒嬌——如果小輕有一天不再愛著哥哥呢？

他們之間十多年的羈絆會因此被斬斷嗎？她能阻止這種事發生嗎？

越想，輕書越覺得自己與京平並不是站在同個平面上的。

這時，樹慈攬上輕書的腰，輕輕地推她一把。

「別怕，小輕。大大方方地上前打招呼。」樹慈溫柔地說：「妳雖是被他認可的，但創造這一切的主人依舊是妳，不要覺得自己矮了一截。嗯？」

「慈哥……」

「妳早上不是答應過我嗎？妳會勇敢的，我相信小輕。」

「是啊……」

「我也不會讓那種傢伙對妳亂來，即使被迫分開，我也不會輕易放手，妳最好有這層覺悟。」樹慈的唇輕啄她的額。「加油，我都會在妳身邊。走。」

「好。」

輕書閉眼深呼吸，露出堅定的眼神，向京平走過去。

京平注意到她了，放下正在閱讀的書，站起身向她握手，至於面對明顯是輕書護法的樹慈，他則是頷首致意。

「邵先生，不好意思，週六還讓你上班。」

「別這麼說，請坐。要不要喝點什麼？」

讓輕書點了餐後，京平率先說：「我要先向妳致謝。」

「咦？謝什麼？」

「謝謝妳收下我的名片後，真的寄了作品給我，讓我有機會認識妳。」

「別這麼說，」輕書有些不好意思地搔搔臉。「對作者來說，這也是一種奇遇吧。」

「請問，妳有看過我們的平台嗎？也就是『頂尖原創網』。」

「有的，其實兩年前我有在頂尖申請過帳號，也讀過一些你們家出版的書。」

簡言之，頂尖原創網就是一家集合線上創作、數位閱讀、實體出版的專業創作平台，不論對創作方、還是閱讀方而言，都是目前業內最大、功能最健全、服務最周到的平台網站。頂尖原創網的出現也詔告著另一種新的創作模式的誕生，它所提供的平台服務讓作家不必再與寂寞煎熬、直到寫出「全書完」這三個字才有機會面世，而可以透過線上連載的方式使作品從開稿之初就與讀者互動；同時其平台開放的屬性匯聚了各方好手與更多的讀者，號稱有二十萬使用戶在閱讀消費、六萬名線上現役作家進行創作，作品的曝光度自然與個人部落格有所差距，它的宣傳廣告詞就有一句「來吧，你將被更多人看見」。它的出現，讓創作不再是一件孤單的事。

而頂尖原創網的壯盛還在於它擁有完整的產業鏈與專業的編輯團隊，將線上的數位內容與傳統的實體出版接軌，成立自己的文庫書系，透過實體書的出版、行銷與發行，把關篩選優質的內容，讓入行門檻一向過寬的網路文學也能網羅到真正值得一讀的佳作、經典，也使得更多擁有創作夢想的人匯集至此，為了出書的目標而努力，也確實有素人因此美夢成真。大致上，這就是近幾年來輕書對頂尖原創網的認識。

「那……恕我冒昧，為什麼妳不來我們網站發展？」

「部落格用得很習慣，也累積了一些讀者，就……什麼也沒想，一直待在部落格寫稿了。」

「妳作品的完成度很高，在我找妳之前，沒有試過找出版社投稿？」

「有試過，可是都石沉大海，試了幾次，最後覺得喜歡寫作的心最重要，就和慈哥決定不論能不能出道，都要一直、一直寫下去……啊，抱歉，我還沒跟邵先生介紹慈哥……」

這時，京平與樹慈才算第一次對上眼。但這一眼對得火花十足，像同極相斥的磁鐵一樣，馬上就彈開了。

樹慈說：「不需要。」

京平說：「不需要。」

兩人幾乎異口同聲，絕佳的默契讓輕書咦了一聲：「為什麼？」

即使試著忽略這男人的存在，京平也能感受到儼然用保鑣的姿態、一直守在輕書身旁的樹慈的氣場。根本不用介紹什麼，彼此都是屬於擊殺型的武天照，空氣的流動就能有效「溝通」一切。能擁有一尊這樣強悍的武天照，代表作家長期創作、始終持之以恆，不但擁有嫻熟的「建築」技術，也能獨力對抗、廝殺寫作過程中讓作家抓狂的孤寂與憂愁。隱隱的，京平感到些微興奮，當然，他不能在這尊敏感的天照面前表露蛛絲馬跡。

不過，這尊天照對上主人，倒是溫柔服貼：「沒關係，今天的主角是小輕，不用顧慮我……」又是那個甘願被想像成 BL 角色、任由推倒、要攻要受都請自行選擇的好人。

「什麼話，我們兩個都是主角啦！」輕書輕聲斥責。

「輕書說得沒錯，基於日後合作的基礎，以及我個人的好奇，我很想知道一下兩位是怎麼『相識』的。兩位不趕時間吧？我們可以先偏離正題一下嗎？放輕鬆一點，就當作是意氣相投的朋友聊天吧。」

果然招來樹慈不友善的瞪視，一副「我不想和你分享我跟小輕的秘密」的嘴臉。

輕書倒是大方地問：「邵先生想知道什麼？」

「妳是什麼時候發現自己有天照的能力？說得更明確一點，是何時發現自己能看到這位慈哥的？」

「嗯……應該說，是在國小三年級、大約十歲的時候吧，第一次從我爸媽那裡偷聽到，我有一個哥哥，不過……媽媽流產，沒緣見面就是了。在那之前我一直以為自己是獨生女，也是那時候才知道，阿嬤每天拜拜的小佛堂有哥哥的牌位。」

京平認真地聽，好像這攸關自己最切身的利益似的。

「現在想想，我們家的小佛堂有點奇怪，一般人家的神龕不是都掛著釋迦摩尼佛慈悲的畫像嗎？可是阿嬤家的佛堂卻左右各掛一幅金剛夜叉尊和孔雀明王尊的畫像，這兩尊都是佛教的明王，是佛祖憤怒的化身。可能是認識的畫家朋友畫的，栩栩如生，光影的描繪讓畫像很立體，跟一般那種很平面俗氣的宗教宣傳畫不太一樣……我記得我經過佛堂的時候都不敢看金剛夜叉尊，因為祂有五隻眼睛，不論走到哪裡，祂的眼珠子總會跟著我，表情又很兇猛，眼神對上一定會做惡夢。」

京平注意到，樹慈有點歉疚的樣子，手臂輕輕地攏著輕書的肩膀。

「可如果真的不小心對上，我就會趕快看旁邊的孔雀明王尊，祂雖然也是憤怒的明王，外表卻是溫柔的女性形象……嗯，那幅畫並沒有畫出祂的性別，現在回想起來，反而比較像美麗、英氣俱足的男人。

總之，害怕的時候看著祂，祂就會偏頭、對我笑笑、然後跨出畫軸，出來抱抱我……」

他大概懂了，說：「這位慈哥，就是妳哥哥與兩尊明王的混合體，對嗎？」

「是啊，知道我有哥哥後，又被五隻眼瞪了一次，再被孔雀明王擁抱了一下，隔天，慈哥就坐在我的床旁，跟我道早安了。哈哈。」她仰頭對樹慈傻笑，樹慈也回以柔軟的微笑。

這也就不難理解這個叫樹慈的傢伙身上為何散發著令人戰慄的剽悍之氣，同時卻又對自己的主人展現一種慈母的包容與愛護。霸王型的天照，想像的實踐力果然不容小覷，所以才可以寫小說——而且即使寫不出名堂，還是堅持寫下去，一寫寫了十多年。

說過頭的輕書有點回神了，說：「抱歉，邵先生，說這些會不會讓你不舒服，畢竟……這不是正常的事，我沒有跟任何人說過。」

京平淡定地喝了一口咖啡：「如果我要大驚小怪，現在才開始會不會太遲了？」他若是一般人，打從他們在書店相遇時就該嚇得屁滾尿流了。

輕書乾笑。「也對、也對……」

「我也覺得不須大驚小怪，小輕。」樹慈托腮笑望輕書：「畢竟我們才是被打擾的人，不是嗎？嗯？」

輕書趕緊用手肘撞了一下樹慈的腰。

「我們都是天照，擁有玄眼，所以妳說的這些事並不是天方夜譚，相反的，反而更有利我們之間開誠布公。」

「開誠布公?」

「或許我可以進入妳的空間，看到妳作品中更深的構思，或是在妳下筆之前看到更原始的雛型，我們可以一同塑造……」

「小輕，來，喝果汁。」樹慈端起果汁、拉著吸管。「再不喝都要氧化了。」

「咦？喔。」樹慈一副怕她渴死的樣子，輕書只好專心地讓他餵果汁。

趁著輕書忙著喝果汁，樹慈嘴上雖然帶笑，卻是瞪著京平說：「一起塑造這種事，我想就不必勞煩了。邵先生，要不要切入正題了？」

明知道踩到人家地雷了，京平還不怕死地開玩笑問：「你是她爸還是她情人啊？」

「邵先生，我說了，他是我哥。」喝完果汁的輕書沒聽懂諷刺，傻呼呼地回答。

京平看她。「妳有男朋友嗎？」

她愣了一下。「沒耶……」

「沒有那種東西！」倒是她旁邊那隻大的有些激動。

京平點點頭。「嗯，你們的感情真好。」就編輯的私心而言，他們確實也需要全心全意奉獻給創作的作家，太多外務，只會干擾作家的執行力，催稿會催到天怒人怨。

「是啊，是慈哥陪我長大的。念書時沒什麼朋友，下課的時間一個人坐在位置上總是有些尷尬，看著人家成雙入對、揪團去上廁所，就會覺得自個兒去上廁所的自己好像有點孤僻……」

京平插一下嘴：「其實我當學生時也不太理解，為什麼班上的女生要一起上廁所才代表我們是好朋友。」

「……總之，這個時候慈哥就會走進教室，跟我說：『小輕，今天天空好藍，我們出去散散步吧？』說完就把我扛起來、打開窗戶，帶我往外一跳——」

樹慈摸摸輕書的頭。「小輕，妳這樣說會讓人誤會我帶妳跳樓。」

「……然後回神後，筆記本就寫滿了一頁又一頁，嗯，上大學後有自己的筆電了，就是打滿了一頁又一頁的 Word。啊啊，好懷念以前靈感泉湧的時候，慈哥只要帶我跳五層樓就好，哪像現在，恐怕能高大樓的高度都不夠俯衝。」能高大樓是萬畝市內最高的大樓，市民更給了這棟摩天樓一個暱稱——一〇〇〇一大樓，可見它的高聳。

「原來如此……從小學到大學，都是這樣？」

「沒錯。都是慈哥牽著我的手走過來的。」

京平觀察到，放鬆後的輕書會有一個不自覺的小動作——她會像個孩子似的，蹭在樹慈懷裡撒嬌，似乎在求得一種安全感。一開始會覺得兩個人太黏了，習慣後，倒是一幅溫馨的畫面。

「那現在是？」

「上班後，為了通勤方便，我自己在外面租房子，也是慈哥在照顧我的食衣住行。」

京平嘴角一勾。「你不只是爸爸，還是媽媽啊，真是全方位的天照。」

樹慈又是一瞪，但輕書一轉頭笑稱「是啊，慈哥是我哥哥、又是我爸爸，也是我媽媽喔」，他趕緊獻上無懈可擊的微笑：「當然，小輕。」一直變臉也挺忙的。

「沒有慈哥，就不會有我這些作品。在創作的路上，我只有慈哥。」輕書說。

「只有慈哥，是嗎……」京平沉吟了一下：「妳沒有其他武天照了？」

樹慈皺眉。

「其他？為什麼要有其他武天照？」輕書問。

「一般來說，霸王型天照可以任意生成許多不同種類的武天照，將這種模式套在小說家身上的話，就是指培養兩種以上的創作風格，這是一種自我保護的機制，以免……」

京平沒再說下去，他感受到一陣想要把他凌遲的殺氣從他對面傳來。

輕書也很困惑地打斷京平：「我有慈哥就足夠了。」

「也就是說，慈哥是妳專屬的戰神，從小到大，為妳攻城掠地，成就了現在的妳……」

輕書消化了一下京平的說法。「嗯，可以這麼說。」

京平卻是面色凝重。「那你們的感情……也太好了吧？」

樹慈眼一瞇。「有什麼不妥嗎？」

「沒什麼。」京平咳了一聲。「請慈哥放心，我很清楚自己的本分，作家與靈感之間的羈絆，不是我們編輯這種外人可以置喙的，請不要在意我剛剛的話。」

「哦……好的。」輕書有點莫名其妙，也好奇地看了一眼樹慈，不懂他為什麼把她越摟越緊？老實說有點熱耶。

京平將最後一口咖啡喝完，恢復他今天的角色——編輯，正色道：「來，我們進入正題。」

Chapter 5

我要宣戰，簽約吧！

「我們來談談妳的作品吧。」京平說：「就是妳在部落格上刊載的《降神》系列。」

「呃，好的……」

「我認為……」

「那個，我可以再喝一杯果汁嗎？好渴……」

沒有人理她，就連樹慈都很專心地聽京平接下來要對作品提出的評論。

轉移話題無效，輕書只好認分地讓京平拿著刀子架在自己的脖子上。

「我想邀的就是《降神》這一系列的作品。這部故事背景雖是架空，不過很明顯妳是使用現實歷史上一位百戰百勝的大將軍作為人物原型，並以奇幻的視角來解釋為何他能夠成為戰神的原因，這點很吸引人。」

「嗯，謝謝。」

「妳的優點是，妳的文字流暢，人物鮮活立體，劇情邏輯雖有瑕疵，但節奏拿捏得宜，足見妳是寫了十年的老手，有歷練的底子。」京平看了一眼樹慈，再說：「另外我觀察妳發表的時間，十分定期，續航力很好……對了，忘了問，妳有上班嗎？」

「有。」

「是什麼樣的工作？」

輕書有點為難，不太想談，尤其是在京平這樣真正專業的編輯面前。

「抱歉，我只是想知道妳的工作忙不忙，上下班的時間是否固定？畢竟社會人士就無法像在學的時候那樣自由自在。」

「……是有點忙，忙季的時候，週末加班是跑不掉的。不過晚上還是可以挪個一、兩個小時出來寫作。」

「妳畢業後，每天都有在寫？」

「嗯，我很努力維持這個習慣。每天都會固定寫個一千字，假日會寫到五千字。」

「如果發表當天沒有人回應，妳還是會繼續寫？」京平犀利地問。

這種問題果然招來樹慈的瞪視，輕書的表情好像也當京平問了一個幼稚的問題：「當然，寫作終究是自己的事，有人會因為沒有回應就不寫嗎？」

「嗯，世界很大，各種人都有。」不過京平在心中給輕書的態度打了高分。

「雖然我很希望有更多人看到慈哥、喜歡慈哥，可是我們更在意的是，自己有沒有創造出我們想要的東西。如果我們創造出我們想要的東西，又能得到讀者的回應和支持，那對我們來說真是再幸福不過了……呃，當然，這很奢侈，對吧。」

「沒錯，很奢侈的一件事。」京平實話實說：「妳這個願望每個作家都有，可惜現實從來沒這麼美好。所謂廣義的讀者，並不是支持妳的人，而是妳要去配合的人，簡單來說，就像新開張的餐廳，妳要做出的是適合消費者的餐點，而不只是妳喜歡吃的。」

輕書乾笑了幾聲。「我想也是。」

樹慈說：「可是也不能一味順從讀者，不是嗎？」

「你說得也沒錯，有獨特面目的作品不見得會成功，但完全沒有面目的作品是絕對無法成功的，現實就是這麼難拿捏。」

輕書吞了吞口水。

「既然談到了讀者這塊，那我們也來分析一下妳的潛在客群吧。我認為妳是屬於小眾的。」

「小眾？」

「說白一點，就是想要大紅大紫，還輪不到妳——至少不是馬上。」

「邵先生真是直接。」樹慈冷笑。

「我說過了，彼此都是天照，開誠布公比較快，也比較能取得你們的信任。何況我若說謊了，我想也逃不過慈哥的法眼吧？」

輕書深呼吸。「沒關係，請說吧，邵先生。」

「雖然妳有上述優點，但是最大的癥結點是，妳的文字不易閱讀。」

輕書瞠著眼，身子有點軟，樹慈趕緊撐住她。

「可是……你剛剛不是說流暢嗎？流暢不等於易讀性嗎？」

「應該說，妳的文字密度太過扎實，不易在網路上閱讀。注意，我是說在網路上，而非紙本書。但現在正值資訊爆炸的時代，沒先過網路這一關，很難進軍實體。任何形式的創作都是如此。」

「網路和紙本，這……有差異嗎？」

「差異很大。妳不常在網路看文？」

「不常，偶爾看看網路新聞與 U&M 分享的小文章。」社群軟體 U&M 上頭會分享使用者的即時動態、觀點看法與各種網路資訊的交流。

「為什麼不看長篇文章？」

「嗯……因為看了後面忘了前面，還有就是……一直盯著螢幕很累。」

「這就是妳的文字不適合在網路上閱讀的原因。」

「咦咦？」

「加上妳的世界觀邏輯過於縝密，規模龐大，其實也不易消化，但慶幸的是，妳有意識到自己想要交代的東西太多了，所以有試著循序漸進地帶入與取捨，而不只是盲目的堆砌。或許因為這樣，妳的讀者一直鎖定在熟客，而無法再加以開拓，所以我才會說妳的作品是屬於小眾的東西。」

輕書沒有成功藏住氣餒的表情。

「抱歉，我沒有在信中提起這件事，因為我認為必須當面跟妳說明。大眾文學要在網路上生存，必須以輕便為原則，這是無法否定的事實。」

「我明白，否則網路上也不會有那麼多懶人包了。哈哈。」輕書勉強地笑說：「那……為什麼邵先生還要找我呢？」

「我不想放過任何可能。」

「可能？」

「雖然我不覺得妳可以馬上大紅大紫，但是妳有發展的潛力，而且站在讀者的角度來說，妳的故事仍是值得一讀，只要耐著性子讀下去，就能發現箇中滋味。所以，我已向公司推薦，希望妳可以進來擔任我們的簽約作家。」

「簽約作家……請問那是？」

「我們擁有經紀妳作品的優先權，包含出版實體書的可能。」

輕書的精神終於被提振了。「出書」二字應該是每個夢想成為作家的人的威爾剛。

「我可以出版實體書嗎？」

「我是說有可能。」

樹慈又在這關鍵的時刻發問：「邵先生說的可能，可以用數據表示一下嗎？」

京平看著樹慈：「換算成數據的話，百分之五可能，百分之九十五不可能。」

輕書又像洩了氣的氣球，樹慈的眼神有些危險。

京平卻仍不收斂殘忍本性：「如果妳聽了我的話，會從此影響妳的寫作，勸妳聽謊話就好。不知道事實的人，會比較幸福。」

「請你不要這樣跟她說話。」樹慈警告。

京平露出嘲諷的一笑，樹慈看這傢伙越來越不爽。

「不。」輕書緊緊握住樹慈的手，說：「請邵先生說實話，我可以的。請問簽約後，我應該怎麼樣朝出版實體書邁進？是增取人氣嗎？我知道要出書的話，人氣很重要。」

「好，那我說實話。」

「你說。」

「妳簽約後，就會是一場戰爭。」

輕書聽了後，神情有些呆滯。「戰爭？呃，跟誰的戰爭？」

「喜歡妳的粉絲、討厭妳的讀者、同類型的作者等等，當然不只有這些外在的人際交流，還包含妳個人的精神狀態也會與妳為敵。總之，妳的敵人很多，但如果妳要集中目標，妳最大的敵人……可能是我。」

京平接著挑釁地睨了樹慈一眼。「尤其我們都是天照，在空間裡的決鬥想必是精采可期。」

樹慈勾著嘴角。「那我真是迫不及待。」沒說的潛台詞是「好好修理你」。

輕書急著問：「——等等！為什麼會是邵先生？如果我簽約的話，你不是我的編輯嗎？不是要輔助我、指導我嗎？」

「那妳能保證妳會永遠這樣看我嗎？」

「什、什麼意思？」

「網路平台讓每個人都有機會，但是很殘忍的，真正能拿到門票、擠過門檻、站上舞台嶄露頭角的人並不多，而我就是那個守門者。即使我現在跟妳說——我會好好輔助妳得到更高的人氣，但妳真的會聽我的話嗎？妳沒有妳想要保護的主見嗎？不論我們現在談得多麼投契，即使我並不想與妳為敵，但是一旦進入戰場，我們一定會變成敵人，我就是要親手砍掉妳孩子的劊子手。」

輕書很驚訝，京平不是該勸她、甚至是誘惑她成為頂尖網的簽約作家嗎？她怎麼覺得他反而是在恐嚇她？

面癱得看起來很無情的京平，繼續說：「所以，我剛剛說你們感情很好，並不是祝福或慶幸，我反而是害怕。」

「怕、怕什麼？」

「我怕有一天，」他迎上樹慈的眼神。「我會殺了妳哥哥。」

輕書雙手緊緊地握著樹慈的手。

「如果妳的目標是職業小說家，那麼，這就是邁向職業小說家的第一步路。」

雖然赴約前早就有一些心理準備了，但此刻聽得口乾舌燥的輕書真的需要一杯果汁。

京平為兩人倒了水。「抱歉，第一次面談，就讓妳這麼怕我，我只是覺得簽約前有必要將事情說清楚。但總歸而言，我很希望簽妳。」

樹慈冷冷地反問：「我怎麼看不出來？」

京平聳聳肩，看著輕書說：「我不知道妳能有什麼未來或作為，但我很希望妳有一天可以打敗我。」

「打敗？」輕書恍恍然。

京平很認真地說：「就是用妳的作品說服我的標準，徹底打消我視妳為敵的念頭，吸收我成為妳的戰友。」

「請。」

「那個……請讓我想一想。」輕書站了起來，有點失魂落魄。「我想去廁所。」

「小輕……」樹慈拉住輕書的手。「我跟妳去吧，嗯？」

「別鬧了慈哥，我要去女廁耶。」輕書撥開樹慈的手，小跑步離開。

看著樹慈操心地看著輕書躲進廁所的背影，京平喝了口水，淡淡地說：「我想對你們來說，女廁不是阻隔，她只是不想讓你看到她脆弱的一面……真是個好妹妹。」

樹慈慢慢地轉回頭，臉上毫無表情，但眼神凝聚了殺意。

京平笑說：「我們來測試一下彼此的虛實吧？如何？」

樹慈吊著眼，打量著京平。

「出個主題？」京平問。「數到三，一起說出來。一、二、三——」

兩人異口同聲：「末日。」

忽然，咖啡廳裡闖進了一個持槍的歹徒，像好萊塢警匪片中搶銀行、屠殺人質的場景，機關槍的火光橫掃全場，一下子就屍橫遍野、遍地殘肉，僥倖的人們爭相逃命。

當那名歹徒拿槍抵著樹慈的頭時，樹慈卻動也不動。

京平翹著腳，端起咖啡杯，像欣賞歌劇的優雅。不過咖啡早就沒了，只好改喝水。

歹徒正要扣下板機，他身後的桌子底下竟竄出了一頭雄獅，一嘴就咬掉了歹徒的頭顱。

京平笑讚：「不愧是慈哥。」

樹慈瞪上京平的同時，雄獅也跟隨主人的意識撲向敵人，跳躍至半空時，驟然化為洪水的波濤，整座咖啡廳的落地窗也被外頭的水壓爆破，咖啡廳瞬間被急湍的水流吞噬。

但京平仍是維持他那優雅的坐姿，巍巍不動，然而水域卻像摩西開紅海一樣，一遇到京平就自動讓路了。京平一身乾爽，沒有沾到一滴水。

樹慈勾著嘴角：「看來要拿下你也不是容易的事。」

「彼此彼此。」

兩人很清楚，彼此是勢均力敵。

正要再戰下回合，女廁的門打開了——

咖啡廳馬上恢復週六午後那暖陽兜照的悠閒和樂面貌。

京平、樹慈兩人安安靜靜地喝著他們的水。

輕書似乎還沒從剛剛京平下的馬威中清醒過來，腳步走得輕輕浮浮，樹慈覺得不太妙，還沒來得及出聲提醒她，輕書果然就撞上了一個正要起身、轉頭顧著跟朋友說話的人，手上的水杯潑得兩人一身濕。

「啊！」輕書自覺是自己的錯：「對不起！對不起！」

那人一看輕書是個軟柿子，一下就囂張起來：「靠么，走路沒長眼啊——」

氣焰一囂張，那人身上穿的印有禿鷹圖樣的T恤突然活了起來——只見那隻禿鷹嘎嘎地叫著，躁動地拍著翅膀，伸長醜陋的脖子，想要啄掉輕書的眼睛——

「哇！」輕書擁有玄眼，被這隻怒氣之鬼嚇了一跳，卻壓根兒忘了自己應該是一個霸王型天照，這點小情緒處理起來應該游刃有餘才是……

但京平和樹慈幫她記得牢牢的！

——一陣風，眨眼就削下了禿鷹的頭顱。

——斷頭就算了，屍骨未寒，接著又被扯到了地面，被不斷加倍的地心引力施壓，最後變成一灘肉泥。

總之，這人的怒氣之鬼死得面目全非，人也跟著和氣起來了。

「……抱歉，我剛剛開玩笑的啦，沒長眼的是我自己。妳沒事吧，啊，妳衣服也濕了，喏喏，紙巾。」

輕書點點頭。「謝謝你，我也很不好意思……」

京平轉了轉剛活動過的手腕，看著樹慈被瀏海遮著的陰森表情。若不是他看走眼，就是樹慈的臉上確實在那瞬間生出了什麼，然後就把禿鷹變成肉泥了。

輕書回到座位上，還沒坐下，樹慈便又恢復了媽媽級的操心表情，對輕書又摟又抱：「小輕沒事吧，剛剛那是不是熱水，有燙到嗎？」

「那是冰水慈哥。」

「冰水啊……那有沒有凍到——噗唔！」

忽然，輕書霸氣地將樹慈擁抱入懷。

「我接受宣戰！」輕書向京平宣告：「我跟你們簽約！」

京平挑眉，輕書的果斷讓他有些意外，他以為她應該會知難而退，過去他就是逼退了許多一頭熱、實質上卻是半吊子的創作者。

「我以為妳要考慮一個禮拜之類的。」

「我想清楚了，我不會再三心二意。我之前一直留在部落格，說穿了，或許在害怕，我怕我會失敗，失敗後就會一蹶不振。可是……我不應該因為自己的懦弱就埋沒慈哥的存在——我希望慈哥被更多人看到，慈哥值得如此！」

「小輕……」樹慈仰頭，眼神崇拜。京平沒看錯的話，他竟然在臉紅？

「我也得振作起來，不能一直躲在慈哥的後面，一旦有危險，我也可以保護慈哥的！我會打敗你，邵先生，我會走出保護網，在競爭的平台上立足給你看！」

「很好，希望妳這個氣勢可以一直維持下去。」京平讚許道。

宣戰完畢，輕書鬆了口氣，正要入座，樹慈忽然呻吟了一聲——輕書趕緊再把他抱回懷裡、悶住他的頭。

京平偏頭，懷疑自己聽錯了。

「請問……慈哥身體不舒服嗎？」

「沒有、沒有……他、他打嗝啦——」

「小輕……妳好帥。嗯……我又要……啊……」樹慈的發言近乎浪叫。

「等等啦，你不要在這裡那個，等等喔——嘿嘿邵先生，我帶慈哥去一下廁所，他好像有點不舒服，請等一下欸。慈哥走——」

輕書匆忙拿了筆記本，拖著眼神微醺、彷彿正在發情的樹慈進了女廁。

對這對感情極好的兄妹來說，女廁果然不是阻隔。

京平只好再叫一杯咖啡，默默地品嚐，等待兩人從女廁出來。

半杯咖啡之後，全身軟綿但一臉滿足的樹慈乖乖地被容光煥發的輕書拖了出來。京平懷疑，這個樹慈和剛剛跟他對峙的傢伙是同一個人嗎？

「你們在廁所做了什麼？」

「沒有啦，幫慈哥解決一下需求……」

京平想，他之後是該好好習慣這對兄妹感情好的方式呢，還是得適應輕書這有點傻大姐的說話模式？

他咳了咳，宣布結論：「我接受妳的挑戰，後天進公司，會馬上跟主管做確認，合約很快就會為妳寄出。」

輕書很認真地點點頭，樹慈則像散了骨頭，黏在輕書身上撒嬌。京平更好奇他剛剛在女廁經歷了什麼。

「簽約的內容，主要是獨家經紀妳整部的《降神》系列。」

「那部落格的文章……」

「必須請妳隱藏。」

「我知道了。」輕書有點不捨。

「另外，為了讓讀者認識妳，增加妳的點閱率與曝光度，我希望一個月後妳可以開始連載《降神》系列的新作。」

「咦？新作……」

「對，是系列新作，不是舊文。」

輕書眼睛發亮。「這是邀稿嗎？」

「妳要說這是邀稿也沒錯，總之，簽約後，請妳馬上交這部作品的大綱給我審核。」

輕書興奮地臉紅，緊緊地握著樹慈的雙手。「慈哥，你聽到了嗎？我生平第一次被邀稿耶。」

「對啊，小輕好棒喔……嗯……」樹慈還沒醒。

看她那麼高興，京平也不忍心潑她冷水了。她恐怕還沒意識到，這只是八年抗戰的前哨戰而已。

「那，今天就先到此為止。」京平站了起來，朝輕書伸出手：「很高興認識妳，也很榮幸能和妳合作。」

輕書有些笨拙地回握他的手，看來是很少和樹慈以外的男性有過肢體接觸。

「謝謝邵先生。」但她的眼神卻堅若磐石。「我會努力打敗你的！」

Chapter 6

小說要寫好就是要跳河摔馬？

樹慈開始幫輕書做全身裝備檢查。

「小輕，防護繩有綁好嗎？」

「很牢固。」

「防滑鞋？」

「很防滑。」

「安全帽？」

「在頭上。」

「護目鏡？」

「密不透風。」

「救生衣？」

「沒破洞，在海上漂一個月都沒問題。」

「好，都準備好了，那我們預備——」

「等等，慈哥你呢？」

「我？」樹慈聳聳肩。「我沒關係啊，重要的是小輕不可以受傷。」

「啊啊啊？」

他們等會兒要挑戰的，可是一口深不見底的大斷谷啊。谷底下的風不斷呼呼地往上吹，風的強勁正宣告著這深淵的高度。

和輕書這身極限運動的全副武裝比起來，樹慈一身白T、牛仔褲、帆布鞋，輕鬆簡單得像是到樓下買醬油而已。

「不行啊，慈哥至少綁個繩子吧。」

「咦？為什麼？這樣一點也不靈活，保護不了小輕。」

「可是我開始上班後，你不覺得『路徑』變得很困難嗎？誰知道這次跳下去會遇到什麼？」

「嗯，是有一點。不過……」樹慈燦笑。「就當作是練肌肉吧。」

「如果我們走失了怎麼辦……」

樹慈蹭著輕書的額頭。「我不是說過了嗎？小輕想甩了我，可沒這麼容易呢。」

「慈哥啊……」

「好了小輕，我們的時間剩下不多，明天還要上班，咬緊牙關，不要說話，我們要──」

「啊啊，等等──」輕書趕緊把防護鏡扳下來戴好。

「出發嘍──」樹慈緊擁著她，往前跨出一步──

「呀啊啊啊啊啊──」

即使全副武裝了，輕書還是無法適應自由落體的極致快感。

他們現在正在下潛到空間深處。為了在期限內交出《降神》系列新作的大綱，輕書得盡快找到合適的男女主角才行。但從無到有，時間又趕，不能等人物自己浮上來，只好到深谷處去把他們抓上來了。

不過，最近這條下潛的路徑真的變困難了。像今天，除了杜拜哈里發塔般的深淵高度外，接著又墜入了有如黃河汛期的急湍洪流，有一瞬間輕書覺得和樹慈被沖散了，被急流翻滾得不知天地方位，還好樹慈有先見之明，幫她穿戴好救生衣，才不至於被滅頂。

就在輕書以為自己要被眼前的巨石撞成肉餅，樹慈像鯊魚一樣殺了過來，將她從洪流中劫持而出，抱著四肢無力的她爬上了青草如茵的邊岸。

「呃咳咳，我以為我死定了，我死也不要溯溪泛舟……呃咳咳。」

樹慈當然心疼極了。「對不起小輕，哥哥馬上幫妳人工呼吸——」

輕書抵住他深情水潤的唇。「我都說了我二十三了慈哥，初吻要獻給……」

樹慈眼一瞇。「獻給誰？」

老實說，輕書也不知道獻給誰。自己這輩子大概就嫁給小說了吧？

因為不肯說出初吻要獻給誰，所以樹慈用「不讓下地」作為對輕書的懲罰，抱著輕書走上這片茫茫無際的草原。

輕書剛好有點餘裕思考：「真是的，最近是怎樣，有一次是掉到荊棘叢裡面，上上次是流沙沼澤，上次只差一步就是岩漿了……慈哥，路徑好像越變越奇怪。」

「嗯，是啊。好奇怪喔……」樹慈嘴上雖然這麼應和，但臉上卻因為抱著輕書軟綿綿的身子而滿足幸福，還趁機拿臉貼著輕書的頰討摸摸。

「……以前還在上學的時候，明明跳個五層樓就可以找到一堆人物還有築城的材料，哪需要這麼費事……啊，會不會是下班前被塞了一個特急件？前輩說明天早上十點就要，其實我應該要加班趕一下的，可是因為今天說什麼也要找到男女主角，所以就偷溜下班了，但心上還是掛著這件事……唉呀，不要一直蹭我，慈哥，對了，你剛剛都沒有受傷嗎？」

「我沒事。」

勇得像一頭鯊魚，上岸還可以扛著她走這麼長的一段路，應該是沒事。

「如果路徑一直這麼奇怪，萬一傷到慈哥怎麼辦……」

「沒錯。」樹慈一愣，停了腳步，認真地盯著輕書：「要是小輕受傷了怎麼辦？」

「不是，我是在擔心你！」

樹慈一臉痛苦糾結。「我可不能讓妳受傷啊……」

「慈哥，聽我說話好嗎——」

忽然，地面開始震動了起來。

「咦？」兩人抬頭一看，不知何時，他們眼前出現了一段陡直的山坡，十分高聳，看不到上頭。而地殼的震動來自於山坡的上方。

樹慈放下輕書，但仍緊緊握著她的手。「小輕，妳要找的人就在上頭。」

輕書難掩興奮。「還以為這片草原只有草和雲咧，沒想到真有寶可挖。」

「準備好了嗎？要來了喔。」

「好！」

「抓緊我。」

樹慈像拉開一扇門似的，手往外一揮——

山丘頂上奔下了千軍萬馬！不論是地表還是空氣，都為之震盪。

這隊作匈奴裝扮的剽悍馬隊似乎忌憚樹慈的力量，竟自動讓道，與他們錯身而過，因此輕書有的是機會瞠大眼睛、近距離地盯著每一匹坐騎、每一名騎士。

「啊！」輕書不自覺地往前一步，鬆開樹慈的手……

「小輕！不要放開我——」

說時遲那時快，一名匈奴兵操起彎刀就要朝輕書的脖子砍去——

樹慈馬上露出五隻怒目，那匈奴兵被無形的力量狠狠地拖下馬、壓倒在地，後頭軍馬不見停步，本來順暢前進的隊伍亂成一團。樹慈趁機把輕書拉回懷裡。

樹慈難得斥道：「亂來，我會生氣喔，小輕。」

輕書卻高興得紅了臉。「我找到了！慈哥，就是他！」

「什麼？」

輕書指著其中一名騎士。「我要他當我男主角！快抓他！」

樹慈看了一眼。「我知道了。」

下一瞬，輕書就被他扛在懷裡，騎在一匹搶來的軍馬上，快速往那名騎士靠近。那名騎士感受到他們的逼近，回頭瞪了他們一下——輕書更興奮了，因為他戴著一具神秘又兇惡的儺面，模擬自虎豹的大眼睛很有殺氣。

輕書拿出大聲公：「欸，哈囉，可不可以停下來和我談談？」

儺面的回答是——回身送一發弓箭。樹慈壓低輕書的身子，不讓她被傷到。

「混帳——」但儺面的攻擊有點激怒了樹慈。「小輕，握好韁繩，不要從馬上掉下來喔。」

「咦？我、我不會騎馬啊！」

「別怕，小輕如果敢從馬上摔下來，初吻就要給哥哥喔。」

「什、什麼？」好啦，她會努力不被甩下馬背。可是——

「慈哥要去哪裡啊？」

樹慈朝輕書眨了一眼。「幫小輕抓男主角。」

說完，他放開韁繩，往後一仰，落下馬背——

「慈哥——」她竟然眼睜睜看著樹慈消失在馬蹄掀起的黃塵中。

不過，她連悲傷的念頭都還沒起，一匹銀色的大狼就從馬群中竄出，咧著鋒利的大牙，往那儺面撲去——

被撲倒的儺面因此被大狼當成兔子叼出了馬隊。

「好耶！不愧是慈哥——哇啊！」太開心以致舉手歡呼的輕書失了平衡，眼看也要成了馬蹄下的亡魂——

最後她也被當成兔子叼在大狼的嘴巴下了。

恢復人身的樹慈一臉危險地進逼。「剛剛小輕怎麼答應哥哥的，嗯？」

「欸，慈哥，冷靜，冷靜。」輕書雙手抵著他的臉。

「抱歉，在這裡，哥哥可以為所欲為喔……」樹慈撥開她的小手。

啊啊，輕書最近也發現，樹慈比以前更黏著她，而且稍稍具有攻擊性。她在想可能真的是因為忙於工作，沒有時間陪樹慈，才讓樹慈這麼寂寞的。

這時，那個儺面痛苦地呻吟了一聲，醒了過來。

重點來了！

「啊，他醒了！我先忙去，掰——」

「小輕……」

輕書跳出又要發情的樹慈懷裡，朝正在悠悠轉醒的儺面跑去。

儺面忽然意識到什麼，趕緊翻開自己的衣兜照看著什麼。

「喂，你沒事吧——抱歉，對你那麼粗暴，我們好好談談可以嗎——」

輕書話還沒說完，一陣「風」劃了過來，還好緊跟在輕書身後的樹慈抽出短刀、替她抓住了這陣「風」——

「風」止了後，輕書看清楚了——樹慈的短刀卡著的一把鋭利鋼爪，來自這名儺面右手的鐵鑄義肢上。輕書的眼神更閃爍了，太帥了這設定！

儺面掙開樹慈的刀，抱著懷裡的東西往後退，對他們十分警戒。

「那個，請聽我們說……」

「不要過來！」儺面拔出彎刀威脅：「敢再靠近就殺了你們！」

輕書聽這聲音，判斷這傢伙應該是個青少年。

青少年就應該要付出更多愛與關注，輕書耐著性子說：「我沒有惡意，呃，我叫輕書，他是我哥哥樹慈，請問你叫——」

「唔，哥哥，好悶喔……」此時，儺面少年的懷裡冒出了一記奶音。

儺面少年很緊張，抖了抖身體，聲音都放柔了：「乖，螢螢乖，等會兒就可以出來了喔，乖……」

輕書瞇眼打量，這才看清楚儺面少年的懷中鼓了一個幼兒的形狀。

「唔……唔……」

「螢螢？」

「好、好可怕……」

「什、什麼？」

「好可怕的臉！」少年的懷裡傳出嚎啕大哭的聲音，惹得少年像熱鍋上的螞蟻。

「螢螢別怕別怕，是哥哥啊，是哥哥啊——」

「你才不是哥哥，你是怪物！怪物！哇啊啊——哥哥被怪物吃掉了！哇啊啊——」

少年沒辦法，只好脫掉了儺面，儺面底下的少年竟然秀氣得像個女孩，但英挺的眉宇還是有些英雄氣概的。總之，就是一個會讓女性自覺自己是個姐姐的稚嫩少年。

「看，我是不是哥哥，嗯？」

懷裡的哭聲停了。「是……」

輕書的腿也軟了。「是……」

啊啊，輕書對這一切更有愛了。感謝掉下河裡又差點摔到馬下，小說要寫得好，就是要窮盡千山萬水、費盡千辛萬苦找到對的人物啊。

Chapter 7

主角即使中二但有愛就行了！

「慈哥，跟我一起這麼做。」輕書舉起雙手。

「什麼？」

「快點啦，雙手舉起來。」

對於輕書的要求，樹慈向來都是照著做的。

「我說放下前都不可以放下喔，否則我就封存靈感筆記本，一個禮拜不理你。」

「咦？可是他要是攻擊小輕……」

輕書加強口氣。「否則我就不理你喔！」

「是……」樹慈從狼變成了吉娃娃。

輕書領著樹慈慢慢地往儺面少年靠過去。「嗨，哈囉……」

儺面少年果然又是刀劍相向，但輕書只是著迷著他那張秀氣的臉配上雄武彎刀的那種反差感。

「請別緊張，看，我們手上沒有武器喔。」

「你們是誰，為什麼要攻擊我？」

「我們沒有攻擊你，只是把你『邀』下馬來促膝長談……」

「狗屁！」

少年還是對樹慈那種猛烈的「邀法」無法釋懷。

「哥哥，我要下來！」少年懷裡的東西開始蹭來蹭去。

少年又柔和了臉。「等等，螢螢，不可以，外面很危險，忍一下。」

「沒關係啦，讓她下來……」

「異邦人妳給我閉嘴——」對著輕書卻是齜牙咧嘴。

樹慈跨出箭步，被輕書擋下：「嗯嗯，你怎麼答應我的慈哥？」

樹慈一臉受辱——輕書被人大小聲，他卻什麼也不能做，可恨。

雙方爭執不下時，少年懷中的小東西逮到了機會，掙脫了綁繩，跳了出來。

是一個七、八歲、像個小綿羊一樣蓬鬆稚嫩的小女孩。不過她身上穿的，是一匹用雪狐狸的皮毛做成的背心，狐狸尾巴還拖著地，隨著她每走一步路便可愛地搖擺著。

「哦……」輕書的心都要融化了。

「螢螢，千萬不可以離開哥哥太遠，螢螢，有聽到我的話嗎？」

少年很緊張，左顧右盼，好像很擔心會有什麼憑空生出的怪物出現抓走他的妹妹，可是一直悶著她也讓他很不忍心，臉上的糾結讓輕書都揪心了。

樹慈大概了解為何輕書想抓這傢伙當男主角。

「小輕真開心啊……」他有點吃味地說。

「是啊，你不覺得感情好的兄妹是這麼美好嗎？」

樹慈哼了一聲。

輕書輕輕地踩著樹慈的腳，笑嘻嘻地說：「我認識慈哥的時候，慈哥就已經是個成熟又溫柔的大人了，可是呢，我好想看看有點不成熟、會跟人家耍脾氣的哥哥。對，就像這個少年一樣，他自己都還是個小孩呢，卻要當保母，真辛苦。」

少年聽到了，衝她：「誰小孩啊，我都可以騎戰馬拿彎刀了，我成年啦！」

「對對對，就是這種中二的氣勢，可是慈哥每次都好溫柔地讓著我……」

樹慈捨不得地說：「黏小輕都來不及了，還要用這種臭屁的方式說話，我做不到，小輕。」

「所以我說慈哥就是慈哥嘛……」

「喂！你們聽人家講話可以嗎？」

輕書回神。「啊，對齁，抱歉抱歉，我們剛剛說到哪裡了？對了，還不知道尊姓大名？」

「誰要跟妳說──」

「那我不問你，我問螢螢好了……螢螢妳好。」輕書蹲下身。「妳叫螢螢，那全名是什麼？妳哥哥又叫什麼名字啊？」

小綿羊很大方：「我叫洛螢，我哥哥叫洛索。」

「螢螢！不可以隨便把名字告訴異邦人！」

「洛螢和洛索啊，多謝……」輕書趕緊抽出筆記本記下。嘿嘿，只要得到名字，輕書和人物之間就能產生無形的鍊子，有了牽絆，之後的合作什麼都好談。

「謝謝螢螢喔，啊，我有帶小熊軟糖，妳要不要……」

「好哇，可是小熊軟糖是什麼……是每次和哥哥打架的大熊做成的糖果嗎？」

軟糖還沒拿出來，整片草地忽然躁動不安，輕書以為只是普通的起風，應該沒什麼，但那個叫洛索的少年卻猛地衝向他們，就在瞬間，洛螢的腳步浮了起來，眨眼竟被這陣大風拎走──這裡的風就像是一隻透明的鷹爪，一抓到獵物就要飛騰上天了！

「哇，哥哥──」

「螢螢！」喊得撕心裂肺的洛索奮力一跳，卻沒及時抓住他的寶貝妹妹。

「我來！」倒是輕書，歪打正著抓到了洛螢背心上的狐狸尾巴，硬是把她拖了回來。

「放心放心，螢螢平安無事——唔啊！喂喂，你的爪不要亂揮！」輕書不但沒被感謝，洛索搶走了洛螢後，還狠狠送她一記鋼爪，樹慈及時把她往後拉，可仍是讓手背留了一道紅痕。

「混帳！都是你們！這裡有吃小孩的『鬼飛天』，只要逗留一下螢螢就成了鬼飛天的食物，你們憑什麼把我拉下馬，只有我可以保護螢螢，我沒了螢螢怎麼辦？」

「你這傢伙……」握著輕書傷手的樹慈瞠著眼。「你敢傷害她……你以為就只有你有妹妹嗎？啊？」

「怎樣？你妹關我屁事？」

「我告訴你，我疼我妹妹比你還要多！」

「是嗎？我對我妹的愛和草原一樣大！」

「我和太平洋一樣大！」

「太平什麼的我聽不懂啦異邦人！」

罵咧罵咧的，兩個哥哥抓著彼此的衣領就要打起來。

輕書趕緊橫在中間勸架。「喂喂，不要打啦——怎麼回事？兩個都一樣中二！」

洛螢也搥著她哥哥的頭。「哥哥怎麼這樣？快跟人家道謝啦！」

「螢螢、痛痛痛、別打了、別打了，打了哥哥都要心碎了！螢螢怎麼可以為了別人的事打哥哥呢？」

樹慈也不遑多讓，快要窒息似地纏著輕書，只為了她手背上的小紅痕。「小輕痛不痛？今天就到這兒好不好？我們快點回去休息，哥哥要給妳作急診，絕對不允許這種傷讓妳留下疤痕……快，我們走，這種傷我多看一秒都會窒息……」

「慈哥，這個小傷口就跟被紙刮到一樣，放過我吧，我還有工作要做啦。喏，你摸摸我的頭頂。」輕書一邊抵著樹慈的俊臉，一邊拉他的手摸她的頭頂。

「小輕？」樹慈一愣。

「摸到了嗎？是不是凸凸的？」

「是，可是……」

「這是好兆頭喔，慈哥。如果沒有凸凸的，我不敢這麼做。」輕書眨眨眼。

「妳想要……」

輕書看著洛索、洛螢。「我要在這裡扎根，替他們擋下會吃小孩的鬼飛天。慈哥幫我。」

樹慈看了手錶。「可是已經快要一點了，妳該睡了……」

「拜託，慈哥，我就是要這對兄妹。」輕書哀求的眼神。「這塊土地雖然很險惡，但我也不要他們離開這裡，這裡是他們的家，只有在自家才可以生龍活虎、坦坦蕩蕩地活下去，這樣故事才會活啊！所以我想到的辦法就是，在這裡扎根一株大樹，把鬼飛天扎扎實實地擋下來，啊，說不定還可以抓一隻來做大反派的參考。」

「一定要今天嗎？」

「要，我不是說了嗎？我的『角』凸凸的。」

樹慈眷戀地摸著這凸凹的觸感。他知道這觸感代表了什麼，他自己不也期待再次與這對神聖蓬勃的「角」見面？他記得上次看到這對「角」是輕書畢業之前的事，出社會之後，幾乎沒有再見過了，他很想念。

能有這凸凹的觸感是一件好事，但樹慈卻還擔心一件事。

「小輕，這件事我們是不是該……」該和那個邵京平討論一下？畢竟對現在的他們而言，創作不再是他與輕書獨自的事了。要在這裡種下足以抵擋鬼飛天的大樹，不只樹根要扎土，葉冠也要與雲纏繞，這是一株關係到這塊土地根本、這個故事地基的重要支柱，如果邵京平有意見，砍掉重植會要了輕書的小命……

「慈哥，你在想什麼啦？」輕書催他。「我的角難得要出來了耶。」

樹慈望著輕書片刻，最後把她擁到懷裡，親吻她的髮。

「好，我們來做。」他笑。「這株大樹，一定很美麗。」

樹慈決定了，不論那個邵京平說了什麼，他都會保護輕書和她誕生的一切。

樹慈化身為金剛夜叉尊，洛索看到他這身威武裝扮，眉頭感受到威脅似地皺著，但他只消對上樹慈臉上的五隻眼，便不自覺地俯首稱臣。

樹慈拔出牧刀，插在土中，輕書站在他身前，和他一起握上了銀絲嵌成的刀柄，鑲在刀背處的紅珊瑚發出了璀璨的光芒。

「準備好了嗎？小輕。」

「嗯，早就蠢蠢欲動了呢，慈哥，來吧。」

「好。我們數到三，一起來——」

「一、二、三——」

兩人身上頓時發出了像太陽一樣的強光，扎得洛索、洛螢睜不開眼。洛索只能隱約看到一些影子，他發現有鹿角一樣的東西從輕書的頭頂上長了出來，輕書與樹慈的身影更融在一起，變得模糊，不分彼此。接著光芒弱了下來，讓洛索看清楚了——眼前站著一頭生了雄偉巨角的白毛鹿，牠的蹄一刨入泥土，那一帶的土地便冒出了數千株細芽，細芽再合力齊發、生長茁壯，往土裡扎入了根，往天際延展了莖與葉，最後相纏相繞、合抱成為一株由樟樹、榕樹、茄冬等樹聚合起來、必須出動五十人才能圍抱的大樹。

洛索、洛螢目瞪口呆地仰天看著樹冠的陰影慢慢地將他們納入了庇蔭下……

後來大樹停止了成長，白毛鹿跟著搖搖晃晃，鹿角像枯木一樣剝落了下來，鹿身變回了樹慈，他趕緊抱住全身無力的輕書。

輕書摸摸自己頭上的殘角，再看著她和樹慈的成果，哈哈傻笑：「我的預感果然是對的，這裡就是要種樹。不過這個高度好像還是不夠，樹葉沒有和白雲交纏哪……」

樹慈心疼地說：「好了，明天再繼續吧，我們先回家睡覺了好不好？哥哥替妳泡一杯熱牛奶麥片……」

被樹慈這麼一說，唔，她的眼睛確實要闔上了，可是不行！她還有事情沒交代。「慈哥，我還要跟洛索他們說話……」

樹慈皺眉，但也只能順著她。「我抱妳過去。」說著，就用公主抱帶她過去。

「不要，用揹的、用揹的。」

洛索、洛螢還愣愣地坐在原地，驚訝於這座草原上突生的大樹。最後仍是被用公主抱帶過去的輕書帶著濃濃的想睡覺的鼻音說：「嗨嗨，你們喜歡嗎？」

洛索的眼珠子瞟向她。

「這些樹冠會幫洛螢抓下鬼飛天，這樣你也不用強迫自己戴這麼恐怖的面具了，會嚇壞你最心愛的妹妹啦。」

洛索顯然是有點感謝她的，因為他哼了一聲，把頭撇向一邊，但藏不住發紅的耳根子。

洛螢倒是很大方：「謝謝大姐！」

「不客氣喔……」打了個哈欠。「這樣你們是不是就不用到處遷徙了？」

「是啊，哥哥也不用遇到那麼多危險了。」

「危險？」

「哥哥為了帶我躲鬼飛天，常常闖到別人的地盤，結果好久之前弄丟了他的手臂，我幫他找了好久都找不到，只好先用鐵做的手代替……」洛螢用天真的語氣說。

輕書崇敬地看著洛索。

受不了這種視線，洛索生硬地說：「好啦，用樹把我們收買了，妳到底要我們怎樣？」

「哦哦，也沒什麼啦。啊，慈哥，我的木頭小印章在哪裡？」

「在小輕左邊的口袋。」

輕書拿出了上面刻有小草莓圖案的印章，說：「只要你們和我締約就可以了。請你們成為我新作品的男女主角。」

洛索不是很懂。「我還是不知道我們要做什麼？」

「唉呀呀，不要戒心這麼重，只要讓我觀察你們的生活就可以了喔。」

洛索想了想，問洛螢：「螢螢，可以嗎？會不會怕？」

「不會喔，我完全不會怕大姐。」

「嗯，好吧。」就這麼答應了，十足的妹控。

兄妹倆交出自己的手掌心，讓輕書蓋上草莓章，雙方正式締約，成為《降神》新傳的男女主角。

「救……」

「咦？」輕書一愣。「慈哥，你有沒有聽到聲音？」

「我什麼也沒聽到，我只想聽到妳安穩打呼的聲音。」樹慈很執著要帶她回家睡覺。

「救我……拜託……救我……」

「我真的聽到了，放我下來！」

「啊，小輕，別這樣……」

輕書往前一跳，自己下地，跑向聲音來源處。不過她好想睡覺，跑得跌跌撞撞，最後還是被撈回了樹慈懷裡，讓樹慈帶著她去一探究竟。

聲音來自於一處土縫。因為大樹的扎根而在土地上掀起了這條土縫。

土縫裡有一個女人。

女人伸出慘白的手：「請救救我……我不要在這裡……我不要在這裡……妳要我做什麼都可以……我就是不要待在這裡……」

「請等一下，我馬上拉妳出來！」輕書再一次逃脫樹慈的手臂，要自己溜進土縫拉那女人一把。

樹慈趕緊拉她回來。「小輕，不要……」

「什麼？我們不能見死不救吧慈哥……」

「……」樹慈說不出話來。

雖然他們是誕生者與支配者，但長久以來他們始終對這些想像出的世界懷著一顆慈悲與善意之心，所以才能得到這世界的幫助，收穫著一篇又一篇動人的故事……但這次他總覺得——這來自土縫下的東西，有種不太妙的氣息。

就在他踟躕的時候，輕書已經伸手拉了那女人一把，結果換她尖叫——

「呀啊！慈哥、慈哥——」

樹慈聽了心都涼了一截。「小輕——」

原本只是一條土縫，但輕書一碰到那女人的手，平行的土縫瞬間變成垂直的懸崖，輕書存在的方位完全顛倒過來——本來是趴在安安穩穩的平地上，現在卻整個人懸空在崖壁上，懸崖底下甚至有一團團模糊黏膩、像蛆一樣蠕動的手型影子扯著女人的下肢，勢力單薄的輕書根本不是對手，自己也都快被拉下去了。但即使自己岌岌可危，還是不願意放開那來路不明的女人。

「——我不要回去！救救我拜託——」女人大喊。

「妳叫什麼名字？快告訴我！」

「我、我叫奧身！」

「好！奧身，抓緊我，我不會放手的！」

話雖這麼說，可是輕書卻覺得兩岸的懸崖壁一直在往上長，也就是說自己的身子正不斷往下墜，這幻覺讓她以為自己離明亮的天空越來越遠了……還好樹慈及時以金剛夜叉尊的化身跳進了懸崖，一手抓著繫在樹根上的鞭子，一手扛住了輕書的腰，黑色影子手想要把他也抓進虛無的黑暗中，但一對上金剛夜叉尊的五隻眼睛，就像摸到燙手的鍋柄一樣彈了開來。趁著空隙，樹慈帶著兩人爬出這條惡谷。

影子手不願放過女人，像雨後的蚯蚓群一樣漫出谷縫，樹慈最後將牧刀插入土中，五隻眼睛瞬間轉紅，接著地殼為之震動，谷縫慢慢地被拉闔起來，影子手也回到了他們該回去的地方。

「呼，好在有慈哥，否則被拉下去，我大概就不想寫這個故事了……咦？慈哥？」輕書發現樹慈遲遲起不了身，額冒冷汗，臉色蒼白。「慈哥，你沒事吧？」但她自己也軟了腿，加上想睡覺，只好用爬的過去，看看樹慈。

樹慈趕緊堆笑。「我沒事，妳先去看看她吧，哥哥一會兒就來。」

「哦……好，不過謝謝慈哥喔。」輕書伸出手。

「傻孩子，」樹慈握住她的手。「說什麼傻話，這是應該的啊。」

輕書總想，如果沒有樹慈溺愛著她，任她在這世界中恣意揮灑她的想像，她一定不會覺得創作是這麼有趣又美妙的事情。

洛索、洛螢兄妹已經幫忙照顧起這名叫奧身的女人了，他們餵了一些水與乾酪給她吃。洛索也脫下自己的皮襖讓衣衫破爛的奧身裹身，洛螢則捐出一條她心愛的皮繩讓奧身綁起頭髮。掀起長髮的奧身，有一張精緻柔美的臉蛋，但不知是臉色過於蒼白的緣故，還是因為她那幾乎沒有眼白的黑眼睛，總覺得看起來有點陰沉。

奧身看到輕書，激動地握住她的手。「謝謝妳救我，要我做什麼我都願意。妳可以收留我嗎？」

樹慈欲言又止。他其實不希望她這麼靠近輕書，怕她身上那種和谷底影子手一樣的陰森氣息會感染輕書。但剛剛才將一條大地的裂縫闔起，他也疲憊不堪。

輕書看看洛索、洛螢。「我是沒意見，不過……你們呢？」

「我沒問題喔。」

既然洛螢表態了，妹控哥哥也說：「我沒差，反正這地方這麼大，多一個人沒什麼大不了。」

「嗯嗯，那太好了，我們正好缺一個女配角呢。」說著，輕書就拿出了草莓章，蓋在奧身的手背上：「那也請妳多多幫忙喔，奧身。」

奧身感激涕零。「謝謝妳、謝謝妳……」她非常珍惜地撫著輕書為她蓋上的印章。不過當她發現樹慈一直盯著她時，她故意垂下頭，讓瀏海遮住了她的臉。

輕書試著站起來，即使快要昏睡了，但她還是要打上一聲禮數周到的招呼。「好的，那麼，之後請多多指教喔……唔，奇怪，怎麼那麼多羊啊，呃……」

「哇！」輕書忽然往後一倒，讓三人驚呼一聲。不過樹慈老早就守在輕書倒下的地方，剛剛好落入他的懷抱。

輕書打起了心滿意足的呼嚕。

洛索難為情地問：「她……沒事吧？」他不太會關心外人。

「沒事。我也不會讓她有事。」樹慈又看了一眼奧身，站了起來。「明天見。」

退出空間後，樹慈替檔案存了檔，筆電關機，然後把已經昏睡的輕書抱上床，蓋好被子，調整空調的溫度與定時，再倒了一杯開水放在床頭櫃上保濕。

多虧那株大樹的扎根與成長，讓他們今天的進度狀況非常好，不但完成了整體大綱、背景設定、男女主角、配角的塑造，輕書更寫出了楔子與第一章近萬字的內容。

這麼做當然有風險，可是樹慈喜歡輕書保有這樣的衝勁。雖然這份衝勁開出了一條充滿虛無影子手的谷縫，即使將之閉闔後，樹慈到現在仍有些虛脫無力，但那又如何？能看到這樣衝勁的輕書，什麼都甘之如飴了。

「辛苦妳了，小輕。」他在她的額上輕輕一啄，深深地凝視著她的睡臉。「妳是最棒的。」

所以，他會不惜代價，為她守護這一切。

Chapter 8

不給編輯滿意的答案小心變戰犯！

京平抱著胸，仰頭，以冰冷的眼神審視這株大樹。

輕書站在一旁絞著手指，樹慈守在她身後隨時警戒著京平的反應。洛索兄妹則避開氣氛詭異的戰區，在草原一角喝著奧身準備的酥油茶。兄妹兩人這陣子的生活被賢慧的奧身照顧得服服貼貼。

京平轉過身說：「我覺得它沒什麼變。我上次不是要妳修成二分之一嗎？」

「我、我修過了……」

「我看不太出來。」

「如果修太小，會有鬼飛天把洛螢抓走，我不能讓這種事發生。」

「那不關我們的事。如果洛螢被抓走，就怪洛索沒有用。」

洛索皺著眉頭。「我聽到嘍。」靠，在旁邊喝茶也中槍。

輕書很不高興：「邵先生為什麼執意要把樹修小呢？」

「妳感覺不出來？」

「什麼？」

「風被大樹擋在外頭，搞得這片草原很悶，而且還瀰漫著一股令人不太舒爽的腥味。」

「腥味？」

「不過我說不上這股腥味從哪裡來的，但我肯定是這株樹造成的。」京平看了一眼樹慈：「慈哥，你覺得呢？」

樹慈沉默地瞪著他。

「我想敏銳如你，不可能感覺不到吧？」

「我上次已經給過你答案了。」樹慈說。

「也對，答案就是跟我大打出手。」京平勾著嘴角：「當然，你有你的立場，但我現在要問的——你是不是瞞著什麼？」

「你什麼意思？」

「從上次交手我就發現，慈哥……你臉色很差。」

「咦？」輕書一愣，趕緊打量樹慈。她真糟糕，因為樹慈總是給她一臉游刃有餘的微笑，她就真的天真地以為天下安然無事了。

加上樹慈的哄功一流：「小輕，乖，沒事，轉頭看前面喔，背對人家說話不禮貌。」看，她就乖乖地被哄了回去，什麼都沒查獲。

而樹慈對京平又是另一個臉色：「請問不爽一個人，臉色怎麼會好看？」

「我不是說你擺臉色，是你看起來有點憔悴。」

樹慈擁著輕書：「被小輕需索了三天三夜，臉色憔悴也是一種幸福。」

京平瞇著眼：「你還真要繼續隱瞞？」

「我沒有隱瞞。」

京平手上生出了大鐮刀。「有沒有隱瞞，我全部拆開來就知道了。」

說完，立馬朝草原劈了一刀，一大片草地就這麼枯萎鏽黃了。這段枯黃的裂痕一路蔓延到大樹的根部。

「不要這樣啦！」

輕書著急地跑過去想阻止京平，樹慈撈了她的腰，把她往後一攞。

「後退，小輕，我來。」樹慈的身體開始起了變化。

趁這機會，輕書看仔細了：「慈哥……你臉色真的有點蒼白耶，我……」

樹慈笑眼彎彎：「我就說了，這是被小輕愛了三天三夜、讓我念念不忘的證據，就算是小輕，我也不准妳奪走這權利。」

「慈哥，就說了，不要說得這麼情色好嗎？」

「好了，退後，我不要妳受傷，受傷了誰來對哥哥為所欲為呢？嗯？」

「慈哥！」

真是的，都這麼危機了還要打情罵俏。但輕書還是乖乖地退到洛索他們身邊觀戰，不希望拖累樹慈。

「欸，他不會有事吧？」洛索問。

「別看慈哥總是笑嘻嘻的，慈哥可是身經百戰，沒問題。」

洛索搔搔臉。「那個……」欲言又止。

「什麼？」

「很……謝謝你們做的……一切……唔？」不但為他妹妹植下一株大樹，還為了這株大樹和人大打出手……其實那個叫京平的劊子手說得對，如果不是他無能，他就該用自己的力量為洛螢打下那些鬼飛天。

輕書摀著洛索的嘴，認真地說：「道謝的話，等慈哥回來一起說給他聽啦。」

「呃，好啊……」他們一齊看向「戰場」，洛索一愣。「等等，那個人是誰啊？」

「咦？是慈哥啊。」輕書說得理所當然。

「哪是？他的背影什麼時候……變得這麼……」

奧身補充：「像女人。」她一直盯著樹慈，好像被他曼妙的身影吸引住似的。

「哦——因為慈哥還有另一個化身。」輕書驕傲地說：「他是孔雀明王尊。」

正如他們所看見的，朝京平走去的樹慈，已化為一名蓄著長直髮、長相陰柔、極像女子身段、卻仍保有男子性徵的孔雀明王尊。他沒有金剛夜叉尊的威武扮相，卻是下身披穿薄如蟬翼的紗裙，上身配有朱色的寶珠玉瓔珞，裸露的雙臂上纏繞著透明的披帛，身影極為飄逸。他的雙目始終緊閉，呈現彎月弧形的雙眼看起來很是和善柔美，明明是憤怒的明王身，卻是菩薩的慈悲相。

京平停下揮舞中的鐮刀，看著這尊他從未見過的化身，不吝讚美：「孔雀明王尊啊，有幸見到你，跟我想像的一樣美麗。」

「請你住手。」樹慈開口。孔雀明王尊的聲音細柔，語調慢條斯理。

「你沒有武器嗎？」

「不需要。小輕也不想與邵先生為敵。」

「很可惜，她一點也不聽我的話。」

「你也沒想過要尊重她。」

「我說過了，這是我的職責。簽約前我也警告過她，寫稿是戰場，編輯是敵人，既然她的夢想是擠過門檻、站在更多的讀者面前，那就得先過我這關。現在很明顯的，你們根本過不了。」

「……邵先生說過，希望我們可以打敗你。」

「沒錯，我說過。那是我最期待的結局。」

輕書聽了心想——原來邵先生表面是個S，內心其實是想要成為M嗎？好像又有題材可以寫了。但她努力克制自己抽出筆記本的慾望，免得影響到樹慈的戰鬥。

「那我也不必手下留情。」

「我確實覺得上次你手下留情了，我那把小兒科的鐮刀怎麼想都不可能傷到你，可是你偏偏讓我傷到了。但真的是你手下留情嗎……」京平偏頭，哼了一聲：「我倒是認為，有什麼東西在吸食你的力量，讓我有機可乘了。」

後面這句，京平故意嚷嚷得大聲，讓輕書也聽得到。

樹慈的呼吸有些急促，但仍試著穩住自己，不讓一直擔心地看著自己的輕書察覺到破綻。

「總之，」京平舉起鐮刀。「到底是手下留情呢，還是有機可乘呢，我們一會兒就可以見分曉——」

鐮刀再度大力一揮，方圓十里的草花都枯黃了，連遠邊的一條清澈的河流也變得血紅淋漓，好像這塊土地的鮮血都流進那條河似的。

洛索看不下去，激動地想衝過去參戰：「你這死神，到底想幹什麼啊？」

輕書趕緊抓住他。「你別過去，你是主角，被他傷到怎麼辦？」

「可是……我們的家……」

「小輕說得沒錯，」樹慈舉起雙手。「你們都不要靠近。」合攏雙掌，開始手結印契。

京平一邊留意著孔雀明王尊的動靜，一邊觀察被掀開草皮的黃土痕跡。他發現正如他所想，大樹樹根旁有一條不自然突出的土壟，他慢慢地靠過去，越靠近，腥味就越濃稠。

果然出了問題……

他揮起鐮刀，正要劈開土壟一探究竟——

忽然，他覺得手被一個軟黏的物體纏住了。一看——鐮刀不知何時變成了蛇。不只是鐮刀，方才被他造成的各種破壞也都化為了色澤鮮豔的毒蛇，從逐漸恢復翠綠與清澈的草叢與河水中鑽出，往樹慈所在的位置爬去，而樹慈身上更被蛇群纏繞占據。

京平恍然大悟，孔雀明王尊雖然面相柔和慈悲，也沒有武器護身，卻會食毒蛇以護眾生。而他剛剛便是透過結印手勢將京平的破壞力都變成了毒蛇。

此時，孔雀明王尊抓起了其中一條蛇，然後始終緊閉的雙眼慢慢地張開……

那是一雙美麗、別具風韻的眼睛。但這雙美麗的眼睛一睜開，所有纏繞在身上的蛇頭都落了地。孔雀明王尊雖然還是慈悲相，但一身浴血的模樣反而讓那平靜的面孔看起來教人不寒而慄。

其中一條無頭蛇還纏在樹慈的手臂上蠕動，樹慈平平靜靜地看了一眼，便伸手拔下牠，一口一口地、細嚼慢嚥地吞了下去。既斯文又殘忍的吃相。

洛索兄妹、奧身都看傻了眼，理應看過多次這種場面的輕書也摀著臉發抖。

「真是不太舒服的畫面。」京平淡淡地說：「我剛好屬蛇。」

「那我更應該吃了你這條大毒蛇。」

京平呵了一聲，開始捲起襯衫的袖子——

樹慈再度結起手印——

京平伸手往腰後一拉，拉出第二把大鐮刀，腳一蹬，就往樹慈衝去。而隨著樹慈結印指法的快速變換，京平每一步落腳的地方都會驟生茂盛的藤蔓、灌木，企圖打亂京平進攻的節奏。然而即使拖著一把有兩人身長的大鐮刀、又有亞馬遜叢林一般的干擾，京平的速度依然快如豹，更善用這些障礙物成為他的跳板，加速他跳躍的路程。

但樹慈早已不在原地，他也同樣利用自己生成的障礙朝京平進擊。他沒有武器，手上卻滿滿地纏繞著發著光的結印符文，當京平與他正面迎上、鐮刀虎虎地揮向他，他竟是徒手推向鐮刀——

鐮刀頓時成了一把腐木，爆開了充滿熱帶風格的花花草草，鮮豔繽紛，還有蝴蝶飛舞。

「那傢伙……沒有武器也可以把死神制服……」洛索震驚地說。

「因為孔雀明王尊是生之神啊。」輕書驕傲地說：「可以和死神對抗的，不就是生之神嗎？」

京平倒不驚訝，立馬扔了這把「花束」，右手又從腰後拔出一把小鐮刀，但不知是離對手的距離太近，揮舞的幅度受到影響，動作顯得有些笨拙，結果又讓樹慈的手印爆成一把滿天星。可是京平不但不慌，還笑了——

「我的慣用手其實是——」京平揮出左手的另一把小鐮刀：「左手！」

幸虧樹慈反應快，及時用手臂上的披帛勒住京平的脖頸、纏住他靈敏的左手，那把突襲小鐮刀只能尷尬地懸在半空中。

「真是棒極了，慈哥。」京平還是不怕死地笑：「我就說要砍了你沒這麼容易，你真是棘手啊。可是——」

本來面無表情地斜睨著京平的樹慈，忽然痛苦地皺起了眉頭，桎梏京平的力道整個鬆懈下來，四周的雨林也枯萎殆盡。京平馬上旋身送他一腳，拉開和對手的距離。

京平冷笑：「我就說你不是手下留情，而是讓我有機可乘。你還嘴硬？」

樹慈理應要馬上站起身應戰，可是輕書他們發現——樹慈遲遲站不起身。

「慈哥！怎麼了？慈哥！」輕書很緊張，差點兒要跑過去，是洛索抓住了她。

「我覺得那傢伙的樣子怪怪的……好像力量被什麼吸走了」洛索說。

奧身臉色發白。「唉呀，好可怕……怎麼辦？」

「放開我，我要去看慈哥——」輕書掙開洛索，跑了過去，樹慈發現了，手一揮，用一排灌木擋住輕書的去路。

「小輕，不……不要過來……很危險……」

樹慈不想讓輕書操心，試著站起身，可是身子卻如千斤重，他更覺得胸口有一口黑洞，彷彿正在啃吃著他的血肉、骨骼，使他竟然連自己的身體都無法支撐。

他正在與這口黑洞奮戰時，京平已經帶著一大排各種尺寸俱足的鐮刀來到樹慈跟前。樹慈卻連抬頭也異常費力。

「你到底怎麼了？慈哥，要不要跟我說說實話？」京平好聲好氣地問。

「好啊……」樹慈勾著嘴角。「你給我站好聽著……」

樹慈根本沒打算投降，而是用盡最後一絲力量想把京平纏成一棵樹人。京平確實得好好地站在原地，但揮舞鐮刀並不需要用到下肢的力量——

「慈哥！」不管了，輕書爬過了灌木，朝樹慈奔去。可是她慢了一步，樹慈的四肢早被四把鐮刀貫穿，釘在那株參天大樹的幹上。他再沒有力氣維持化身，恢復成他原本的模樣。

輕書慘叫著：「你怎麼可以對慈哥做這種事？」

京平回頭：「為什麼不行？如果今天他占上風，他也會對我做這種事。還有……」他抬頭看了一下大樹樹冠，又瞪著輕書：「我怎麼覺得這株樹還在成長？」

「咦？」

「我不是叫妳停止了嗎？」

「呃……」輕書停了前進的腳步，開始退後。

樹慈也察覺到殺氣，顫顫地抬頭。「小輕……快逃……」他掙扎著要脫離鐮刀，但鐮刀卻鑽刺得更深。

京平好心提醒：「慈哥，你不要亂動，這幾把鐮刀刃貪食天照的血肉，你越掙扎，它們吃得更津津有味，等你餵飽它們，可就沒辦法讓你下來嘍。」

他又轉回頭，步步朝輕書逼近：「我剛剛想要找一條土壟，可奇怪的是，土壟不見了。」

「哪、哪有什麼土壟？」輕書是真的不知情。

「是啊，哪來的土壟？土壟出現的地方現在竟然長了樹根？」他居高臨下睨著她：「妳說，這株樹是不是還在成長？」

「我……」

「我上次請妳將樹身縮小一半，妳不但沒有照做，還讓它繼續成長，老實說……我很困擾，這樣我們有溝通到嗎？我們是不是在浪費時間？」

「呃，邵先生，你這說話的語氣和我上司好像……哈哈。」輕書乾笑。

但邵京平沒有笑，直直地盯著她的頭頂。

「我覺得妳頭頂怪怪的，」他眼一瞇。「妳有角？」

輕書直覺反應就是摀著頭頂。「角？什麼角？哪來的角？我又不是鹿！」

輕書那有點天真笨拙、做事全憑一股傻勁的性情，一直是樹慈最呵護也最喜歡的，可現在被鐮刀吊在樹上、什麼都無能為力的他卻希望輕書可以世故一些，至少偽裝一下情緒好好躲藏自己……

京平左手一揮，又揮出了一把鐮刀。

「看來今天妳我只有三條路可走。」京平舉起手勢，說：「一，殺了妳的主角們。」

「啊！」輕書像自己受傷一樣痛。

「二，砍了妳家慈哥。」

「呀啊！」簡直要了她命，絕對不行！

「三，削了妳的角，讓妳全部重新來過。」

唔……欲哭無淚了。如果這雙角被削了，她就會忘了這個她和樹慈好不容易找到的世界，還有千辛萬苦才捕捉到的洛索、洛螢、奧身他們……

「給我選一個。」

輕書緊緊握著拳頭……

「可惡……小輕，妳不要聽他的，快走、走……」樹慈伸手想拔開鐮刀，但他一碰到把手，把手卻化為利刃，即使如此，他還是赤手去拔——

輕書深呼吸，大叫：「砍了我的角吧！」

京平挑起眉，正想開口，忽然一震，矮身躲開從背後偷襲的刀風、往旁跳開，才沒讓順勢揮來的鋼爪傷到。

輕書趕緊擋在京平與洛索之間：「你不要亂來啦，沒你的事，喝你的茶去！」

洛索扛著彎刀，不屑地瞪著京平：「我不是很懂你們在說什麼，可是你們別擅自把我們當事人撇在一旁，然後胡亂決定我們的命運啊。」也白了輕書一眼：「妳也是，既然這麼容易忘記我們，當初就不要把我拉下馬，還給我種了這株樹，妳忘了這裡，這株樹怎麼辦？誰來養啊？」

「可是……」

「我們被怎麼樣了沒關係，可是妳可不能忘了我們，太不負責任了！」洛索氣呼呼地把輕書推到身後，由他直接面對京平的死神鐮刀。

輕書恍然，洛索這小子，是拐著彎在保護她嗎？

這一切，京平默默地看在眼裡。而即使刀面都陷進了肉裡，手上鮮血淋漓，樹慈仍執意要拔下鐮刀，就是想盡快回到輕書身旁……

京平眉頭一皺，火氣一提，手在轉身時往背後一拔，就拔起了比他身長還高三倍的特大版鐮刀，往樹慈所在的大樹狠狠劈了一擊——

輕書放聲尖叫——但尖叫聲慢慢變弱……

京平砍的不是樹慈，而是大樹樹幹上的一條氣脈。氣脈被斬斷後，她感覺到大樹跟她失了連結，無法再受到她的灌注而成長。

他又打了幾個響指，撤下了釘在樹慈身上的四把鐮刀。樹慈沒有休息，而是摀著傷口、拖著腳步，趕緊回到輕書身邊守著她。

「輕書，我希望妳理解，我們是有合約的。」京平睨著輕書說：「我現在再問妳一次，妳要不要出書？」

輕書低著頭，聲如蚊蚋：「想。」

「很好，既然我們目標一致，跟我們簽約的時候一樣沒有改變，那妳是否記得簽約之前，我跟妳說得很清楚──既然妳無法解答我的問題，妳就必須聽我的。如果妳不聽我的，那就是戰爭，而妳就是戰犯。」

輕書也只能承認自己是戰犯：「是……」

「我再給妳期限，修這株大樹，想辦法處理這裡的腥味。」

「……好。」

這時，樹慈已艱難地來到輕書身邊，一把將她擁進懷裡，好像和京平多說一句話，輕書就會損耗生命似的。

「慈哥，你的手、你的身體……」輕書看到樹慈滿身是傷，都快哭了。

樹慈沒說話，只是將她抱得更緊，不讓她有縫隙看到自己面若冰霜、想要殺死京平的閻王表情。

京平哼了一聲。「不過我倒欣慰，妳至少沒有一直躲在樹慈身後。雖然他巴不得妳這麼做，但妳若這麼做，就讓人看輕妳了。」

「你少說一句話會要你命是嗎？」樹慈聲音緊繃。

京平笑聲刺耳。

「我說了，你絕不是手下留情，而是讓我有機可乘。」

樹慈的眼神恨不得殺他滅口，雙手卻悄悄地摀住輕書的耳朵。

「你還想瞞多久呢？慈哥。」

京平拋下這句話後，就消失在他們的空間了。

奧身抱著洛螢過來和洛索會合，並擔心地問：「大家都沒事吧？」

樹慈靜靜地看著奧身，還有已把她當成母親的洛螢。

他只能將輕書抱得更緊，然後說：「沒事的，別擔心。」

Chapter 9

不要被六片肥牛粉飾太平！

「小輕……小輕，起床了，已經七點了。」樹慈輕輕地搖了搖躺在他身上的輕書，但輕書不為所動，反而把他的腰環得更緊，讓他動彈不得。

「小輕，哥哥沒事了，讓我起來好嗎？我給妳做早餐啊。上班前還要再寫一下，不要浪費時間喔。」

「我不要……」輕書的臉埋在他的腹部上，悶悶地說。

樹慈摸她的髮。「妳身體不舒服嗎？」

輕書終於抬起臉，罵道：「應該是慈哥身體不舒服吧？」

樹慈笑了。「我沒事，真的。」

「我不准慈哥下床，你給我好好休養身體啦！今早我就不開工了。」

樹慈很想一把把她抱到餐桌上、好好地餵她吃早餐，可是輕書的直覺是對的，他的身體還沒復原，在空間中受的傷讓他到現在仍昏昏沉沉的、四肢無力，很像發燒重感冒。

「我真沒用，慈哥……」輕書有些哽咽地說。

樹慈一震。「小輕，別這麼說自己……」

「如果我可以再變出另一個天照，你是不是會輕鬆很多？」

聽到這裡，樹慈可不能再像綿羊一樣躺著了，他奮力坐起身，即使走路時頭重腳輕，他還是把輕書扛到電腦前面，替她開機，翻開昨晚塗寫得滿滿挫折的筆記本。

「來，小輕，把妳昨晚停下的地方好好複習一下，上班前，我們再努力看看。我去幫妳煎培根蛋，到餐桌吃的時候，妳要跟我說明作戰計畫。」

「哇啦啦，慈哥，我說了，我今天不要開工——唔呃？」

樹慈忽然壁咚輕書，俊臉靠得她很近，嚇她一跳。

「小輕只屬於我的。」樹慈有點不高興地說：「我不需要同伴。」

「可是……」

「沒有可是。再說下去，哥哥就要親下去喔……」

「啊啊，就說我們不是十八禁的亂倫關係！」輕書摀住樹慈的臉，只好投降：「好啦好啦，我不說我不說。」

確認再也找不到輕書的愧疚之色，樹慈才笑了，拉下她的小手，親了一下。

「我去給妳倒牛奶。蛋要半熟全熟？」

「半熟……我需要蛋黃滋潤。」

「好，等我。」樹慈捏捏她的粉頰，便去廚房忙了。

看著一手敲蛋、一手倒牛奶的樹慈，輕書抹了抹有點濕濕的眼睛。

樹慈太累了，她實在捨不得。這十多年的創作之路，樹慈帶著她一路過關斬將，像永不下場的投手一樣，疲憊、受傷都是常態，卻沒有打手可以替換。遇到守在關卡上的鬼頭時，即使身上綁著繃帶也得挺身替她斬除那些把她當成唐三藏的怪物。一直以來他都這樣孤身守護著她不停地戰鬥，最後危機解除後，明明胸口還喘著氣，卻仍不忘回頭、朗朗對她一笑：「快到終點了，加油，小輕。」

而如今她畢業了、出社會工作，面對著他們不熟悉的作息環境，還有比課業更能滲透人心智的工作壓力，連帶也影響到她給予創作的天照之力，而她想出書的慾望更使他們不得不面對京平這個史無前例的大魔王。

都是她的錯，如果打從她開始寫下第一個故事時，沒把出書當成夢想就好了，這樣她和樹慈都可以自由自在的……

「唔！可惡！」輕書怒喝牛奶。

「怎麼了？小輕？」一點聲響都逃不過樹慈的注意。

「沒事，牛奶好喝喔慈哥！」

混蛋，現在才談後悔就太幼稚了！為了信任她的洛索兄妹，為了樹慈，為了自己，她一定要戰勝這一關！

她從眼鏡盒取出眼鏡戴上，進入了空間——這是樹慈為她設定的固定路徑，這樣每回進出洛索兄妹的空間就不用再翻山越嶺、墜谷跳河了。

她一邊來到大樹前，一邊喊：「洛索、洛螢、奧身——我來嘍！我們今天要來討論怎麼修剪大樹，來開個會吧！時間不多，我八點要趕公車上班，所以出來一下好嗎？哈囉——洛索、洛螢、奧身！」

輕書叫喊了幾次，卻越喊越奇怪……草原異常安靜，只有鬼飛天因為被樹冠困住而發出的呼呼嚎叫。

之前明明她一進入空間，洛螢就會開心地飛撲而上，洛索會一副不是滋味地走過來，奧身則是笑眼彎彎地伴在他們兄妹身後……現在是怎麼回事呢？

輕書再喊：「洛索、洛螢、奧身——」

忽然，她聽到奧身的尖叫——

「輕書！輕書——」

輕書一震，循聲跑了起來：「咦？奧身！妳在哪裡？」

輕書在大樹北面的樹根找到了奧身，奧身正蹲在樹根旁拉著什麼。輕書趕緊過去一看，背脊都發涼了──

「洛索！洛螢！」

樹根下不知為何出現一窟凹洞，而凹洞裡頭正是當初想將奧身拉回黑暗的影子手，此刻影子手吞沒了洛索的下肢，而奧身正奮力拉著洛索的手，洛索則用自己的身體護著早已嚇昏的洛螢。

影子手見洛螢最有機可乘，不斷朝她湧來。

洛索掙開奧身的手，罵咧咧地用鋼爪剿著這些影子手：「王八蛋！找死！」

結果卻讓自己更陷進了影子手中。

「笨蛋！不要鬆手啊！」輕書滑壘過去，但站在地面上已抓不到洛索，輕書一咬牙，只好跳入凹洞中。她一跳入，就像太陽一樣驅開了影子手。

奧身心急地說：「輕書！妳不可以下去，妳下去這個世界怎麼辦？」

「沒問題！這些影子手暫時不敢吃我！」輕書信心滿滿，奔向又被影子手拖入深處的洛索。「洛索，快點！把手給我！」

因為擁有一雙聖氣凜然的角，影子手一開始是畏懼輕書的，但如輕書預測的，這只是暫時，而這暫時比她想像的還要短。當影子手試著嚐一口輕書的氣息，之後就像中毒一樣上癮，目標不再是不會反抗的小洛螢，而是像糖霜蛋糕一樣美味的輕書。結果跳下去救人的輕書也被影子手拉入了凹洞深處。

洛索大罵：「妳真是成事不足敗事有餘，哪有老大自己下海的？」

輕書和像瀝青一樣的影子手奮戰：「少囉嗦，抓好我，我要發威了！」她頭頂上生出了角，隱隱發著光芒。

「拜託！這是妳開闢世界的太初之力，不要浪費在這裡，不值得啦！」

「那你要我眼睜睜看著你們消失哦？」

「消失就消失啊，草原上生生滅滅的，又不是沒看過！我們消失了，妳再去找新主角就好啦！」

「大笨蛋！不准你這麼說！」輕書乾脆對洛索來個熊抱，把他討厭的嘴悶在懷裡，也不管這傢伙是不是正值血氣方剛、光聞到女孩的香味就可以胡思亂想的時期。

輕書正要任憑大角發威，一隻影子手卻拉住她的角用令人想入非非的方式撫摸著，輕書哇啦亂叫：「好癢好癢！不要咬那裡！哇！不要吃我的頭髮，呃……靠妖，你吐了什麼，黏黏的好噁心……人家昨天才洗過頭啊……」

奧身急哭了，也想跳下來救人。但有一個人比她更快跳下凹洞，一把就將輕書拉了出來。

頭頂上還留著口水黏膩的觸感的輕書，顫顫地睜開眼，才發現自己和奧身正平安地待在風光明媚的草原上。

「咦?我怎麼……」輕書左顧右盼，再看回凹洞，臉色更蒼白：「慈哥！」

正在和影子手糾纏、想奪回洛索兄妹的樹慈看到輕書好像又想回到洞中，忍不住大吼：「不要過來！」

被他的五隻眼睛一瞪，輕書定在原地、動彈不得。

原來是樹慈在千鈞一髮之際將她救上岸的，一次只能救一個的他當然是優先將輕書救出來，接著再回去帶洛索、洛螢兄妹。化為金剛夜叉尊的他露出了五隻眼睛，一開始確實降伏了大半的影子手，但他的味道雖然略遜輕書的糖霜蛋糕，卻也勉強算是一道嗆得有滋有味的宮保雞丁，吞沒他亦是一種滋潤補身，所以影子手都把吃不到糖霜蛋糕的怨氣出在樹慈身上。而樹慈也閃躲不得，為了保住洛索兄妹，只能像盾牌一樣為他們擋下影子手如撕裂手扒雞般的攻擊。

「慈哥……」輕書努力違抗樹慈桎梏她的力量。

「培根蛋煎好了，快點出去吃，吃了去上班。」

「都什麼時候你還給我說這個？快點上來啦慈哥——」

輕書發現，凹洞的洞口越來越小，好像快要關起來了！她更奮力對抗樹慈的壓迫。

樹慈也注意到了，便深吸口氣，換上了他最家常的表情……

「小輕，今晚要吃什麼？」

「什麼？」

「哥哥給妳煮鍋燒烏龍麵好不好？」

唔，慈哥的招牌菜，哪能說不好呢？「好啊……」

「給妳放五片肥牛。」

「不要，我要六片……」

通常樹慈為了她的脂肪與膽固醇著想，都不會答應的，可是……

「好，我會給妳放六片，那就回去，專心工作，哥哥在家等妳下班，嗯？」

「好耶……啊！等等！」好險，差點被六片肥牛洗腦了。

可輕書醒了也來不及，金剛夜叉尊竟然又是一瞪，輕書像被揮了一拳，眼鏡被揮掉了，瞬間被迫回到了現實。

輕書搥桌慘叫：「慈哥這個混蛋！竟然騙我！竟然騙我——」

輕書趕緊撿回眼鏡，回到了草原上。但無論她怎麼翻找，竟然都找不到那口凹洞的痕跡。她恍恍惚惚地倒坐在地上，腦筋一片空白。

眼淚終於撲簌簌地掉了出來。

「混蛋慈哥……混蛋慈哥……怎麼可以騙我嘛……啊啊笨蛋啦……慈哥是大笨蛋啦……怎麼可以用肥牛鍋燒麵騙我嘛，啊啊啊……」

「輕書……」

哭到一半，奧身怯怯地叫著她。

輕書回頭，一把鼻涕一把眼淚地看著她。「奧身……怎麼辦？他們都不見了，都不見了啦……」

奧身一臉哀慟，但仍流露出堅毅的眼神望著輕書。

她走上前，像慈母一樣，緊緊地抱著輕書：「不要怕，我會陪著妳。我們一起想辦法吧。」

奧身身上有一股香香暖暖的味道，聞著讓人不自覺地就安下了煩躁的心神。

啊啊，她說得對，要冷靜下來，她至少還有奧身啊，兩個人想辦法，勝過一個人啊。

輕書漸漸不哭了，雖然還是很怨樹慈用一碗肥牛鍋燒麵就把她瞞了過去，但她得堅強起來，想方設法救出樹慈和洛索兄妹。

「謝謝奧身，還好，還好還有妳……」輕書伸手，回抱了奧身。

「是啊，輕書……」奧身頓了一下，用樹慈呼喚輕書的口氣說：「小輕還有我啊。」

輕書一愣，總覺得有點不自在，不過在那當下，她只是像溺水的人一樣抓住奧身，什麼也沒辦法反應……

Chapter 10

「我遇到瓶頸」不是好作家拖稿的理由！

手機響的時候，京平正在開被主管砲轟本月銷售太差、行銷推說是編輯沒把書作好的他媽的鳥會議。心情惡劣至極的他看了一下螢幕，愣了一會兒。

「抱歉，我肚子痛。」他舉手。

「草你馬，不要給我屎遁。」行銷指著鼻子罵。

「趕羚羊，你把通路給你的屎灌進我腸子，我不能去放屎？」京平就是有本事用最優雅的表情說著最髒的話。

「兩位，我們是文化事業，請留意口德。」副總編說。

總之，京平順利地走出會議室，接起電話。

「喂，妳好。」

「……邵先生嗎？」輕書怯怯的聲音。

「妳竟然會主動打電話給我，我以為上次我把慈哥釘在樹上，我們就已經鬧翻了。對了，」他又壞心地補一句：「慈哥還好嗎？」

電話那一頭沒有聲音。

「我在開會，有事嗎？不急的話我會後再打給妳。」

「……慈哥他，不見了……」

京平一震。

「多久了？」

「一個禮拜……都沒有回來。」輕書快要哭出來了。

這非同小可。

「妳今天幾點下班？」

「今天可以六點準時……」

「那我們六點半在上次的咖啡廳見面，把事情給我交代清楚。」

「呃，好……」輕書似乎有些驚訝，她以為京平會說「關我屁事」。看來她是因為真的走投無路了，才會來電求助於他。

「好了，回去認真上班，不要胡思亂想，六點半給我準時，我們一起解決問題。」

「……」

「喂？」

「……真的很謝謝你，邵先生。」輕書微微哽咽著。

京平嘆了口氣，放柔語氣：「不會有事的，再見。」

「拜拜……」

帶過這麼多作者的他，當然懂這種心焦，現在絕對不是落井下石的時候。

因為銷售成績不優，京平應該要加班留下來寫報告，但為了赴這趟約會，他還是在同事的白眼下準時下班，趕到約定的虎斑貓咖啡廳跟輕書見面。

他看到輕書眼眶紅紅、一臉憔悴地坐在兩人座的位置上等他，沒有樹慈依傍的她看起來弱不禁風。

「到底怎麼回事？」他一坐下來就質問：「只不過叫妳修剪大樹，就把自己搞成這樣？小姐，妳連連載都還沒開始啊。」

「……對不起。可是、可是……我也不知道為什麼啊——慈哥就這樣不見了，不見了……一個禮拜都沒有回來啊……」

京平看她亂了頭緒，便要自己溫和一點，好從她口中引出真相。

「沒關係，我們從頭來。妳先告訴我，妳最後一次看到慈哥是什麼時候、什麼情況。」

「是你下好編註，請我第二次修稿的那個禮拜。可我還沒動手，那株大樹的樹根底下就出現一個凹洞，裡面有東西把洛索、洛螢他們拖了下去，我一慌也跑下去救人了，慈哥為了保護我們，最後代替我被拉進去……」

「他都沒有回來？」

輕書淚眼婆娑。「沒有……他答應我下班的時候會平安回來，會煮肥牛鍋燒麵給我吃，可是他沒有遵照約定……慈哥從沒有爽約的，從來沒有……」

「那個凹洞現在的狀況？」

「變成一條土壟了，找不到入口。」

「土壟？」京平想起上次在樹根下看到卻沒機會再深究的土壟，立馬果斷地說：「帶我過去。」

「咦？什麼？」

「帶我去妳的空間，現在，馬上。」

輕書反應有些強烈。「呃不行——」

京平一瞪。

「奧身說……」

「那個女配角？她說什麼？」

「其實，我是瞞著奧身告訴邵先生的，所以邵先生一定要假裝不知道。」

「來，我來猜猜看……」京平瞇著眼，問：「她是不是說，如果告訴邵先生的話，他只會拿鐮刀砍了所有東西？」

「呃，這個嘛……」輕書不用多說，她的表情已經回答「對，沒錯，你好強，猜對了」。

「她是不是還說，我巴不得慈哥不要回到妳身邊，因為這樣就不會有人跟我作對了。是嗎？」

「欸……」輕書搔搔頭，傻笑：「……邵先生，你是有裝針孔攝影機在我身上嗎？」

「我看妳是相信了這種讒言，所以事發都已經一個禮拜了才告訴我，對吧？」

「我……我……」輕書真的很不會掩飾自己思考的過程，京平看著她從「我死也不會說實話」，到「啊啊我投降」的表情變化，最後說：「對不起，邵先生。」

「咦？」

「終於懂了為什麼慈哥要對妳保護過度。」京平喝了一口咖啡。

「沒有慈哥在旁邊，妳馬上就變成笨蛋，被人耍得團團轉。」

「唔……」被罵了。

「一個沒有靈感的作家，一點價值都沒有。」京平嚴厲地說：「我的作家要變成被雷劈死的神木，我怎麼會高興？用膝蓋想也知道。」

輕書被擊中傷口，可是她也不得不承認：「對……我是笨蛋，我就是大笨蛋，才會被慈哥用六片肥牛給騙了，嗚啊啊啊……」

「喂喂，我還想來這家店。」看到輕書的眼淚，京平難得有些緊張。他皺著眉頭遞出面紙：「好了，不要哭，免得人家以為我在玩弄小女孩的純情。吃晚餐了嗎？叫個輕食吃吧，我請妳。」

雖然他不太會安慰人，但輕書至少被他試著安慰到了。她叫了一客番茄燉飯來吃，吃了卻更傷心，因為沒有樹慈做的好吃，讓吃了七天便利商店便當的她更想念樹慈燒的菜了。

京平看著她抽抽噎噎地吞著番茄燉飯，問：「既然妳的角色這樣跟妳咬耳朵，那妳為什麼最後決定跟我說？」

「蛤？」輕書恍神，沒聽清。

京平嘖了一聲，再抽面紙給她，要她擦一下嘴，並重複一次他的問題。

「我可是把慈哥毫不留情釘在樹幹上的大壞蛋哦。」

「……我也不是很清楚。可是我就覺得應該要跟邵先生說……或許是因為，我覺得你打從一開始就很誠實地對待我。」她心中順便OS了一下：「雖然誠實得讓人覺得很白目。」

京平咳了一聲。擁有玄眼的他，那句OS可是聽得一清二楚。不過那是他早就知道的事實，沒必要爭論。

「慈哥不在的這幾天，我一直想著邵先生在咖啡廳跟我說過的話。你從一開始就告訴我，我的敵人很多，而你可能是我最大的敵人，可是後面你又補了一句……『即使我並不想與妳為敵』。我就想……你可能是要我先有心理準備才會這麼說的。所以打從你動刀的第一天起，我就沒有喜歡過你，可是好險有你的事前提醒，也不至於太過討厭你啦，哈哈。」

「我也覺得妳誠實得有些白目。」京平原話奉回。

「而且之後為了找慈哥，我回去了很多次，我真的聞到了你之前提醒我的那股腥味，就是從樹根下冒出來的。我到那時才知道……」輕書越說越不好意思：「你雖然很不討人喜歡，可是……真的是為了我們好。是我們太激動，太愛惜自己的羽毛了——啊，但這都是我個人的失誤，慈哥只是太疼我了，從不會對我說一個不字，即使我有錯，他也會默默自己承受下來，他會攻擊你完全是為了保護我，這都是我個人的意志，請邵先生不要誤會慈哥喔……」

「夠了，我知道你們很恩愛，不用連道歉都要放閃。」

「欸，真抱歉……」

不過她剛剛那番自白倒是聽得挺順心的。

京平拉開了襯衫領帶，讓自己輕鬆一下。「妳真是我看過最不聰明的作家。」

「咦？」

「如果妳繼續瞞著我的話，說不定那個奧身真有辦法粉飾太平，可能到妳完稿為止我都看不出問題。」

「怎麼可能？」

「怎麼不可能？把那個奧身當成女主角就好了啊……」京平一愣。

「什麼啊？她不可能是女主角啦……」輕書也怔了一下。

兩人對看一眼，好像找到了什麼關鍵點了。

「妳有帶筆電嗎？」

「有，有帶。」為了隨時寫稿，所以隨身都有攜帶輕薄的小筆電。

「現在，帶我過去。」

「呃……這樣奧身不就知道我告訴你了嗎？」

「她都想篡慈哥的位了，妳還想護著她？」

輕書驚嚇。「篡、篡位？她連慈哥都想取代嗎？」

「不然慈哥為什麼無法回到妳身邊？那種傢伙即使進了墳墓，時間一到也會爬出來給妳做三餐不是嗎？」

「對、對……慈哥不會放任我吃又油又鹹超不健康的微波便當，他回來看到便當盒肯定會很不高興……」

「好了，快點，帶我過去！」

「哦，好！手給我，邵先生。」輕書打開筆電，握住京平的手，然後戴上眼鏡，一下就拉著京平來到了空間。

京平一到草原，便摀著口鼻。「味道越來越重了。」

他朝樹根走去，想看看那條出問題的土壟。

這時，奧身的聲音幽幽地從身後傳來。「小輕，妳騙我……」

輕書一震，怯怯地轉頭，尷尬地揮揮手。「奧身，嗨嗨，妳來啦……」

京平也轉身，冷冷地看著奧身優雅恬靜地朝他們走來。

奧身用那柔弱苦惱的表情說：「我不是一再告訴妳，千萬不要靠近這個人嗎？妳希望洛索、洛螢還有慈哥永遠回不來嗎？」

雖然剛剛察覺到奧身的意圖，可輕書還是一下子就跳到奧身挖的坑了，她急忙解釋：「奧身，妳誤會了，妳聽我說，邵先生跟我們想的不一樣，他早就知道這裡出了問題，他之前想要提醒我，可是我太固執了，才沒聽他的話，甚至跟他刀劍相向，都是我的錯，他其實是來幫我的……」

奧身很受傷的樣子，好像自己遭受最親近的人的背叛。「原來妳就這麼相信這個人？不相信我？這個人傷害過樹慈啊，妳忘了嗎？」

「對。」京平真會看時機，在這時拔出了鐮刀。「這傢伙就是太蠢了，相信我這種人。」

咦咦，邵先生怎麼在這時又變成大反派了？

京平邪惡地笑著：「好不容易走了一個慈哥，又來了一個妄想成為女主角甚至是守護神的傢伙，真是讓我困擾至極啊。」

「啊啊，你想做什麼啊邵先生？」

京平二話不說，直接用行動表示——拿著鐮刀朝輕書衝過去！

乍看奧身似乎想保護輕書，也撲向了她。

就在輕書混亂著敵友的分際時，京平的動作比奧身更快，卻不是送她吃鐮刀，而是搶先伸手將輕書往後一拉，再順勢給奧身一記回馬槍。

本以為手無寸鐵的奧身必死無疑，但輕書回頭一看，卻驚愕地掉了下巴。

奧身的指甲長銳如劍，及時抵住了這把砍向她脖子的鐮刀。

而她原本泫然欲泣、柔弱溫文的神情也都變了，眼睛一吊，睫毛一垂，重重心機嶄露無遺。

如果剛剛京平沒有拉她一把，她恐怕就淪為奧身的人質了。

雙方又交戰了幾手，最後施力推開彼此，拉開距離。

奧身解開髮束，嫌惡地將洛螢給她的皮繩碎屍萬段，她的長髮宛如活物，一沾垂到草地，綠草竟然就枯黃了，那股枯敗的味道和此刻四周瀰漫的腥味一模一樣，還有，那髮端蠕動的感覺分明就是那洞裡的影子手再現。

「這女人果然不是善類。」京平護著輕書，退開幾步。

「啊，是了！」輕書也想通了。「她是我從那洞裡救出來的，說不定那洞裡的影子手就是想找替死鬼才把慈哥他們給拖下去的。」

「從洞裡救出來的？影子手？」

「就是我剛剛說的，把慈哥他們拖下去的洞啊。黑黑的洞，裡面有很多長得像手的影子，像蛆一樣蠕動……啊，對了，我忘記跟你說影子像手，有那麼多手把人拖下去，慈哥再強也掙脫不了。怎麼了嗎？」

綜合了一下輕書前後對於凹洞、影子以及奧身來歷的說法，京平更確定了：「……妳這傢伙，恐怕是救錯人了。」

「什麼？」

「那是每個作家都害怕的『瓶頸手』，專吃靈感和角色，他們一般是待在洞裡等著獵物自動掉下來，當然那種程度的陷阱對有慈哥護著的妳起不了作用，不過既然妳掉不到洞裡沒關係，他們也可以爬出來拉妳一把，這個女人就是那種產物。妳這傢伙，之前都沒遇過？」

「呃，畢業之前，確實沒有遇過……」啊，難怪寫稿才可以寫得這麼順？

「好傢伙，妳可真走運。」

大概之前遇到的都是小 case，依樹慈的能力默默地就能幫她處理掉，那個妹控天照當然不希望他疼愛的妹妹知道她喜愛的創作竟然會有這種骯髒不堪又痛苦絕望的東西存在。

發現了這點，京平也理解了，為何上次交手樹慈會顯得這麼吃力，因為他雖然有對付瓶頸手的經驗，但可能不知道瓶頸手有時也會偽裝成角色人形跑到地面上來，並假裝無害地參與創作。讓這種東西加入的話，可是會像癌細胞一樣蠶食天照主的空間，而身為天照之力的一部分的樹慈，自然也會受到影響。

而他這個編輯也太大意了，上回只顧著追究腥味的來源，卻沒有馬上推想到那是一個瓶頸手的巢窟，畢竟瓶頸手十分狡猾，總是用各種形式面貌附著、隱藏於看似正常甚至是極為重要的結構中。這次瓶頸手不但藏在大樹的樹根下，僅留出一絲異味顯出蛛絲馬跡，更主動出擊、化為一個看似可有可無、善意無害的女人，讓他忽略了她的來歷，他也得負點責任。

「你們兩位在竊竊私語什麼？真不禮貌。」奧身依舊用她那風韻十足的嗓音說：「小輕，為什麼妳就不相信我可以當女主角呢？洛索、洛螢找不回來沒關係啊，樹慈回不來那更好啊，我也可以成為妳的守護神，妳真的不相信我可以做到嗎？」

「妳、妳說什麼？」知道她是瓶頸手偽裝化成的人形，雖然很震驚，卻還不到生氣的程度，但一聽到這番居心不良的言論，輕書可就火冒三丈了：「妳怎麼可能做我的守護神？慈哥是誰也取代不了的！」

「妳真的不願意改變嗎？妳被那種貨色困住十多年，會不會太可憐了？小輕不是一直想要出書成名嗎？妳有沒有想過是因為被這傢伙絆住所以始終原地踏步？如果妳現在選擇了我，說不定妳就可以大紅大紫了喔。妳真的不試試看嗎？錯過機會，機會不會再為妳停留第二次喔……」

「拜託，妳當我是三歲小孩，幾句話就想挑撥離間？」輕書很有氣勢地回嗆：「妳再這樣汙衊慈哥，我不會原諒妳的！」

京平在一旁聽著。她和樹慈的愛是真愛，不錯，沒被這種妖魔鬼怪的引誘術給騙去。

奧身也知道，便偏頭冷笑了起來：「本來以為小輕很乖的，不，應該說傻傻的，應該很好拐騙，看來把那守護神攆走了，還是沒法把你們之間的羈絆給消除啊，真是失算了。既然小輕這麼不聽話，那麼我也不需要小輕了……」

這時奧身的臉上掀起了裂嘴女一般的恐怖開口。

「媽呀！」輕書趕緊抓住京平的襯衫躲在後面，京平時常看驚悚片，這種程度的畫面還可以接受。

「我就讓妳下去陪他們吧！」

奧身的眼睛發出了紅光，輕書的身子馬上往下一沉——腳底下竟又開出了那口洞，生出了一大片瓶頸手想把輕書扯下去。

「哇啊——」死定了，像流沙一樣，連施力掙扎的地方都沒有！

本來以為還留在平地上的京平會英雄救美一下、帥氣地拉她一把，卻見他只是眼睜睜地看她被吞沒……

「嗨、邵、邵先生，有空嗎……你的手可不可以借一下啊？」輕書求救。

「不，請妳再忍耐一下。」不知何時他放下了鐮刀，當拐杖一樣撐著一邊看好戲。「妳下潛的深度還不夠深。」

「什、什麼啊？」

「再下去、再下去……妳放輕鬆，妳太緊張了。」

混蛋啊！作家都要被瓶頸吞噬了，這個責編是怎樣？

「再來、再來、再來……」像倒車一樣指揮著，然後京平忽然：「好！」終於在輕書滅頂之後舉起鐮刀：「就是那裡！」

他像擊出全壘打一樣，使盡腰力、揮出弧度完美的鐮刀刃——卻是步伐往後一退，像彈簧一樣反方向朝奧身射去，一道閃光驟然劃過她的肚腹！

奧身過於大意，本要用自己尖銳如爪的指甲擋下攻擊，可京平的小動作更是快到讓人眨不下眼——只見他本該笨拙的右手俐落地抽出一把小鐮刀，直接把奧身的手腕給切斷了。

奧身愣愣地看著自己被切開的下半身，又看著京平的右手：「怎、怎麼會……」

「上次是做假動作騙慈哥，妳還真以為我右手不靈活？」輪到京平露出反派式的冷笑：「還有，把我最重要的作者還來！」

說完，他毫不憐香惜玉地徒手貫穿奧身的肚子，拉出了理該被吞到洞裡最深處的輕書。輕書就像剛出生一樣的小牛從牛肚子裡被拉了出來。

奧身胡亂揮著沒有手的手臂慘叫著：「你、你怎麼知道——」

一般人看到有人被地底洞拉下去，應該都會直覺去洞裡救人，可是京平既然知道這是一個瓶頸手，便恢復了「被蚊子叮到就要揮手打」的直覺反應，直接進攻奧身的肚腹，這讓奧身難堪又不解。

「拜託。」京平扛著鐮刀，來到她跟前，居高臨下地鄙睨她。「老子當了八年編輯，沒有一個作家膽敢用『我遇到瓶頸』這種爛理由來拖稿。」既然發現問題出在瓶頸手，就有辦法解決了。

「你、你要殺了我嗎？」奧身豁出去了，尖銳地笑起來。

「廢話。」

「我告訴你，你不敢殺——」

京平眼一瞇。「哦——這麼肯定？」

「你想殺，小輕也不會讓你殺！」

「住手！邵先生——」果然，恢復知覺的輕書趕緊爬過去、抓住京平的手。「慈、慈哥、還有洛索兄妹他們……我看到了！他們都在她的肚子裡面啊！」

即使剛剛被拖下去只有那一瞬間，但她不會看走眼的——她看到金剛夜叉尊用自己的身體保護著洛索兄妹，被擠壓在大片瓶頸手的縫隙中。瓶頸手忌憚金剛夜叉尊的五隻眼睛，甚至包住樹慈的頭顱，害得她嚇得一身冷汗，以為慈哥的頭被吃掉了！

京平頓了一下。

奧身以為有機可乘，想要像泥鰍一樣鑽回地洞老巢。不過她的速度還是快不過京平的一刀——她的腳才剛起步，頭顱便以拋物線的弧度飛向了遠方。

「啊啊啊——」換輕書尖叫。「慈哥怎麼辦？慈哥怎麼辦？」

京平以小鐮刀直指輕書的鼻頭。「給我冷靜。」

輕書忍著眼淚，真的覺得京平比較像反派的大魔王啊。

「那只是幻象，就連奧身本人都不是瓶頸手的本體。」

「本、本體？」

「要救人，就要去本體救。」

「好、好啊！那我們去救……」

「我要回家了。」

「啥？喂！」

「我回家要趕報告，退出空間。」京平拉起腿軟的輕書：「何況妳現在這個山窮水盡的樣子也救不了人。」

「可、可是……」

京平一瞪。「我跟妳保證，我會帶妳找出本體，救出慈哥他們。」

「真、真的嗎？」

「但是我要妳現在什麼都不要想。」

「那、那……接下來我該做什麼？總該準備些什麼吧？」

「問得好。」京平以無比認真的表情說：「小說、漫畫、電影、電動，或者是吃飯、睡覺、逛街甚至是放空，任妳選。」

「……」

兩人對望了許久，輕書才確定，京平真的不是在說笑。

Chapter 11

停戰吧，編輯也可以是戰友？

上班時間，京平用一種名為 CL3 的通訊軟體丟訊息，和輕書聯繫。

「來，這是片單，這是書單，給我一一看完。」

「呃，這跟搶救作戰有關係嗎？」

「我剛剛在 U&M 遞出好友申請，把我加入好友，快。」在 U&M 互交好友，即可分享彼此的資訊與近況。

「為、為什麼？」還有哪有人交好友那麼兇的？

「幹嘛？有秘密不能讓我看？還是說妳在上面偷譙我？」

「咦？沒有啊沒有啊……我馬上去加你好友，給我五分鐘。」

五分鐘過去了，看來是把證據都毀屍滅跡了，輕書的U&M才接受京平為好友。

「看完書和電影後，請寫觀後感，發布在動態上，我要檢查。」

「蛤？這是小學生的心得作業嗎？」

「這是進食。」他說：「進食的時候給我專心一點，不准去想樹慈他們。」

「這……」這太強人所難了。要她盡情地享樂、遺忘樹慈他們嗎？

「回答？」

「是……」迫於淫威。

「還有，這週六有沒有空？要不要加班？」

「咦？不用加班，有空……」

「空下來給我，下午兩點塔山捷運站見。」

「咦咦咦咦——」

「沒錯，不要懷疑，我在跟妳提出約會邀請，快回答。要不要？」

第一次被異性約，卻一點都沒有臉紅心跳的感覺。在京平的進逼下，輕書也只能回覆一個「好」字。

週六，兩人在塔山捷運站碰面。京平看了一下手錶，說：「還有一點時間，我們去逛能高書店。」

位在塔山捷運站的能高書店是萬畝市最大的連鎖書店，藏書數十萬冊，書種齊全，是愛書人的天堂聖地。

「欸欸，邵先生，我們今天到底是？」

「看電影。」京平拿出網路訂的電影票。「可我沒有要請妳看。」

「呃……是是是，多少錢？」輕書抽出荷包，這真是有夠沒情調的約會。

「沒要妳現在給我。」京平卻按住她的小荷包，難得露出微笑：「等慈哥回來後，你們兩個再一起請我看電影吧。」

輕書愣愣地看著這個一笑起來就擁有全世界的男人。

京平推了推她的肩膀，走向電扶梯。「走吧。」

京平帶她逛能高書店的新書區。

「常逛書店嗎？」

「很常，有事沒事就和慈哥去書店。」

「又是慈哥？就連假日妳都沒跟其他朋友出去過？」

「沒有耶，都是慈哥陪我。而且慈哥一定要陪我，他是我的荷包把關者，否則我月底就沒飯吃了，哈哈。」

京平點點頭。看來要她完全不提起樹慈也很難，畢竟樹慈早已是她生活的一切了。

「那妳會來看大眾書區嗎？就是這裡。」

書店二樓的新書區，有一座櫃面平擺著各式各樣的類型小說。有愛情、懸疑、靈異、武俠以及各種風格的奇幻小說。

「……不太會。我比較會去找資料書。」

「為什麼不看？」

「嗯……我怕被其它故事給影響。邵先生知道的，那個影響可不只是字面上的『影響』啊。」

「比如說？」

「有一次我讀了一部很棒的奇幻小說，結果寫稿的時候，那部作品的主人翁跑進來跟慈哥決鬥。我們花了好大的力氣才把他給 KO 掉，結果那一週稿子一點進度都沒有。所以寫稿的時候十分切忌別人的好故事。」

京平大概懂她的顧慮。天照之力能將所有想像實體化，因此所謂的「影響」可不只是停留在腦海中的抽象意念而已，而可能會發展成實體戰爭的規模等級，尤其這些類型小說又更講求劇情與人物的張力，具象化的可能性更高，也大大增加正面衝突的機會。

「而且啊……」輕書想到就發抖：「吃起醋來的慈哥，我絕對不要再領教。」

「吃醋？」

「嘿啊，我只隨口誇一下敵人的武器很帥，遮著眼睛的瀏海也好酷，慈哥整整一個月黏在我身上，不准我離開他半步。哇呃，好像被軟禁一樣。」

「他沒吃醋也一直黏在妳身邊。」

「不一樣、不一樣，那種黏是……」

輕書說到一半，才意識到她的編輯是男人，她怎麼樣也不可能對一個男人形容樹慈就像BL中的小受一樣滿臉潮紅地發情，黏著她乞求她的進攻與撫慰——拿筆記本寫下更多更多對他的索求；他甚至不准她把視線轉移到他人身上——所以那個月幾乎沒辦法閱讀、看電影，快饑渴死她了；而且那陣子暴肥三公斤，因為雖然不能外出吃大餐，但樹慈天天煮大餐給她吃，只希望她可以留在家裡陪他……這種日子整整持續一個月，輕書寫完了兩本筆記本才把樹慈弄得精疲力竭，沒有力氣再跟她吃醋，只能喘著淫靡的氣息在她耳邊吐著外人聽了要雞皮疙瘩掉滿地的肉麻愛語。

這種話題再深入描繪下去恐怕就要十八禁了，輕書只好草草帶過：「咳咳，總之，就是很黏。」

京平也不問下去了。看來連醋桶都要翻得恩恩愛愛就是了。

「妳的顧慮也沒錯，但我希望妳知道，妳現在要在公開的平台上讓自己脫穎而出，就必須養成對抗敵人與吸取經驗同時並進的能力，不能一味地抗拒對方的進攻，也不能毫無主見地被對方牽著鼻子走、喪失自我風格。這樣妳的作品才能在孤芳自賞與譁眾取寵之間取得平衡。就像我之前說過的，太有面目的作品可能會失敗，但沒有面目的作品也絕對不可能走出自己的路。」

「唔，好難喔……」

「是很難沒錯，但這是妳成長的開始。」京平翻了翻新書的文案與版權頁，邊說：「妳是那種因為心中有所感才會開始寫小說的類型，跟那種因為大量接觸同類小說、突然覺得自己可以寫得比他們更好而提筆的人不同，所以似乎太少經歷這種與外界刺激的對抗，也不常吸取各種經驗……這當然有優點，就是妳的原創性很高，不會有別人的影子，不容易跟人撞衫，但不可避免的，妳的免疫力就異常的低。像這次讓瓶頸手有機可乘就是最好的例子，我也有點驚訝慈哥竟然會忽略這個錯誤。」

輕書低下頭：「抱歉，是我的錯……」

京平看著她：「……我發現妳從不說慈哥的不是。」

「蛤？我沒事幹嘛說他的不是，他是最疼我的慈哥耶。哪有作家會指責自己賴以維生的靈感啊。」

「就跟妳說了，一種米養百種人。有些作家總是嚷嚷著寫稿很痛苦，和自己的靈感是死對頭，是用『恨不得打敗靈感、只求靈感下次不要再騷擾他』的心情為動力而勉強完稿的。」

「好難想像……」

「妳也很缺乏和同業的交際，以後開始連載了，請記得去跟其他作者交流交流。這對妳當然有好處，除了透過留言增加曝光度，妳可以從其他人身上看到妳從沒遇過的經驗。」

「咦咦？我很害羞耶……」

「請妳收起妳的害羞，因為妳也不能保證，妳出道後，妳和慈哥的關係不會走樣吧？妳應該從別人的經驗裡開始學習才是。」

輕書一愣。「……什、什麼意思？」

京平又說出了殘忍的話了：「妳可以保證，等妳出書上軌道後，開始要面對維持銷售量與名氣的問題時，妳和慈哥之間的關係還可以這麼親密、沒有嫌隙嗎？妳都沒想過這個現實的問題？」

輕書沒有說話，低頭草草地翻了一本書。

京平看了一下手錶，說：「時間到了，我們走吧。」

走了一段，他發現輕書根本沒跟上來，還在原地翻同一本書。

「喂，我碰到妳的地雷？」京平用手肘頂了頂失神的輕書。

「你真的提醒了我呢，邵先生。」輕書恍恍然地抬頭，喃喃自語地說：「我啊，從看得見慈哥開始，唯一的朋友就只有慈哥。上高中後我很自閉，當大家去看電影、約吃飯、聯誼，都不會有我的份，是慈哥一直陪著我，才讓我忘記那種被同學遺忘的不甘心。結果上了大學，反而是我不想參加那些活動，慈哥會慫恿我去，可是我知道慈哥怕寂寞，所以我都會留下來陪他，因為一直以來他也是這樣陪我走過來的。我甚至開玩笑說過，如果慈哥願意娶我，我想當他的新娘……他卻異常認真地看著我說：『一言為定，不可以食言。』因為慈哥從來不會給我否定、不安的答案，我以為……我們應該會這樣理所當然地終老才對……」

「可是妳也覺得我說得有理，對不對？」

輕書望著他，眼神裡有些恐慌。

「那現在不是轉型的好時機嗎？」京平更進一步試探她：「擁有這麼深的牽扯的你們，到時若要切割，恐怕是一場世界大戰的規模。既然現在他消失了，乾脆不要找回他了？免得到最後他成了妳登上顛峰的絆腳石。」

京平的餘光緊緊地盯著輕書的反應，他想知道這名他發掘的作家可以為了自己的風格與原則堅持奮鬥到什麼地步。他拋出的這些問題絕非挑撥離間，而是一個個他已經從太多作家身上看到的預設未來了

——尤其現在絕不是一個對作家與創意懷有善意的時代。

他看到輕書紅了眼眶。

「……邵先生。」她轉開頭：「我去一下廁所。」

「嗯，去吧。等下我們也要進電影院了。」

「好。」她匆匆地躲到了廁所裡。

輕書腫著兔子的眼睛出來後，兩人不再接續方才的話題，就直接進了電影院。輕書直到坐進漆黑的影廳時才知道，京平帶她看的是由日本知名漫畫改編成真人版電影。內容講述的是一對夢想成為漫畫家的高中生，一起搭檔作畫，勇闖日本最出名的漫畫雜誌的故事。比起長達二十集的原著，電影改編得簡潔俐落，將一位創作者從萌發創意、初試啼聲、到積極成名的峰迴路轉全部真實地道出。

電影高潮迭起地進行著，一個小時候就這麼過去了。

京平一愣，好像聽到了……啜泣聲。眼角看去，果然，輕書哭得一把鼻涕一把眼淚。不過他沒驚訝太久，他早有預感這部電影會讓每個創作者大笑大哭，不論他們創作的是漫畫還是小說。

起步了，夢想依舊遙不可及；可是不起步，夢想永遠不可能。

他起身去上廁所，回來順便買了兩杯可樂，一杯給了輕書，讓她潤潤喉，以便有水分繼續哭。

電影結束後，已經五點多了，正值晚餐時間。

「趕時間嗎？」京平問。

輕書默默地搖頭。反正回家也沒有人等門，這種狀態也寫不了任何稿子。

「那陪我吃個晚餐吧。害妳哭成這樣，我請妳。我知道一家好吃的豬排飯。」

原來京平畢業自校址位於塔山的萬畝大學外文系，對塔山附近的美食知之甚詳，便帶輕書吃了他大學最愛吃的招牌豬排飯。輕書咬了一口豬排，似乎又觸景生情而濕了眼眶——讓京平發誓，樹慈回來後，他一定要拗到一頓飯，看看樹慈的手藝到底好到什麼程度。

「邵先生，」喝了麥茶，輕書幽幽地說：「剛剛在書店的時候，你說要不要趁機轉型……也就是現在就放棄慈哥。」

「對。」

「這個選項從來沒有出現在我的選單裡。」

「那妳為什麼要哭？」

輕書一臉困擾，畢竟一個體貼的男生不會動不動說「啊哈妳剛剛哭了」。邵先生有沒有女朋友啊？真想脫口而出。

但輕書打消念頭，繼續說：「……因為，你還說，我和慈哥之後可能會變成敵人。」

「沒錯，我希望妳考慮到這一點。」

「我確實很害怕，我害怕慈哥會討厭我，這是這十多年來從沒發生過的事，但我更恐懼的是我會傷害慈哥。或許簽約的時候，這個念頭就已經在我腦海裡了，只是我從沒把這個不安告訴過慈哥……不過邵先生果然很犀利，一下子就被你看出了這個問題。」

「嗯，所以算是我逼妳要面對。」

「我有預感，可能終有一天會這樣吧。或許慈哥會對我很失望，討厭我為了點閱率、曝光率，然後犧牲了他的想法和感受。我一定會有心理準備的，可是……」輕書深吸口氣，露出努力堅強的眼神：「我寧可他主動不理我，也不要他為了保護我而受難，我卻對他見死不救。這種事我做不到。慈哥如果不在了，我什麼都不是了，這個世界上也不會再有值得我追求的東西了。」

京平靜靜地看著她。

「其實不管我和慈哥最後會不會變成敵人，我都不該露出任何遲疑，今天卻讓邵先生看到這個脆弱的樣子，實在很抱歉，希望不會讓你覺得看走眼。」

「我說過了，彼此都是天照，假惺惺沒有用，我就是要妳凡事都得老實跟我說。而且有時候自我懷疑是必要的，人一旦對自己心生懷疑，就會開始往深處挖掘，這樣根才會扎得牢固。現實生活不是漫畫，我們並不需要只會喊 slogan、卻從不懷疑自己的熱血笨蛋。」

輕書終於笑了。「我有種被誇獎的感覺呢。」

「快吃吧，豬排冷了很膩。」

「哦……」

「我之前跟妳說過，要妳別想慈哥，看來是不可能的。我們動不動就說到慈哥，我自己也犯規。」

「哈哈是啊，慈哥是我的空氣呢。」

「所以……」京平放柔了語調：「這段日子妳一定很難受，辛苦妳了。」

正要夾起的豬排掉進了沾醬盤裡。但輕書還是愣愣的。

「記得剛剛電影裡的編輯怎麼跟主角說的嗎？」京平抽出面紙，說：「如果出事了，他會站在漫畫家那邊。我也一樣。」

輕書的眼淚一顆一顆地掉下來了。京平遞給她面紙。

「總之，我們停戰吧。」京平說：「我和妳現在是戰友的關係。」

「好……」輕書的臉埋在面紙裡，含糊不清地說。

「好了，快吃吧。」

即使這客豬排不是樹慈親手炸的，但輕書仍是覺得美味無比。

Chapter 12

小說家就是要踩著角色的屍體向上爬？

輕書與京平走在醫院潔白的走廊上。他們一間間地打開病房的門。

「空的。」京平說。

「這裡也是空的。」輕書說。

「我說，妳為什麼會變出醫院的空間？」京平問。

「哦，因為剛好前晚讀了《半夜十二點的病院》，是邵先生書單裡推薦的驚悚小說，結果怕得我都不敢關燈睡覺。」輕書指著自己的黑眼圈說：「邵先生會怕嗎？」

「我是沒差，我平常就會看鬼片發洩，不過……妳承受得了嗎？」

「咦咦？」

「我們的目的是要找出瓶頸手的首腦，妳把他們的地盤塑造成醫院，雖然搜查變得很容易，但我可不知道妳的想像力會把瓶頸手變成什麼樣的東西……」

「呃……」

「比如，」京平往前看，說：「穿著白衣的女人。」

輕書一顫，循著京平的視線看去，果然有一個像貞子的女人垂著髮，穿著慘白的病人服，站在走廊的盡頭。不過輕書每眨一下眼，女人的身影就越靠越近，活脫脫就是鬼片的經典橋段。

還好在女人抬起頭嚇人之前，京平已經揮出斷頭鐮刀給她死了。

輕書恍惚地說：「所以……瓶頸手在這裡都會變成……恐怖片裡的東西？」

「這就要問妳的想像力。」京平把女鬼的頭踢得遠遠的。

輕書後悔自己讀了那本該死的《半夜十二點的病院》。

透過這次京平建議的書單閱讀，輕書學到很多。好處是她學會了「解構」的技法——也就是空間的本質不變，只是將草原的形式轉換成醫院的模樣，如此要追查瓶頸手的下落就不需大動土木，只要扭開門把、像醫生查房一樣就可以了。但多虧旺盛的天照之力，以及驚悚小說的加持，輕書似乎也把瓶頸手轉換成鬼片中必然會有的嚇人元素。

輕書仍在後悔自己挑書不慎時，京平想了想，下了決定：「繼續在這裡搜查成果不大，這層樓恐怕是障眼法。太平間一般都在幾樓？」

輕書一驚。「你、你、你說什麼？要去太平間？」

「要找到首腦，就要深入敵窟。走。」

「不要啊啊啊——」

京平就這樣拉著輕書的衣領，搭著電梯來到地下樓層。

電梯門打開了，但扳著電梯門的輕書死活都不放手。

「我跟你掛保證邵先生，我不知道我會想像出什麼東西喔，你被那些東西嚇死我不負責喔，這樣你還是要出去嗎？」

「沒事沒事，我每天晚上至少要看一部鬼片才睡得著，心臟很強。妳給我放手，快點出來——」

「啊啊沒有慈哥抱著我，我連鬼片預告都不敢看啦——放過我吧！」

就在兩人僵持不下的時候，走廊上的燈光忽明忽暗了起來，日光燈管發出令人寒毛直豎的嗡嗡聲。兩人都僵住了。

輕書趁著京平打量四周，偷偷按了電梯按鈕，想逃回正常樓層。不過京平像是後腦杓長了眼睛，伸手一把鐮刀就把面板給破壞了。輕書欲哭無淚。

「看來我們找對樓層了。」京平把絕望的輕書拖了出來，走在泛著森冷青光、越來越陰森的走廊。

拐了彎，京平看到了標有「太平間」三字的塑膠門牌。他拉開了拉門，一陣寒風迎面颳過。躲在他身後的輕書則透過指縫間看到了太平間裡的陳設——除了有一整面屍櫃外，房內還停滿了移動式擔架，一具具罩著白布的遺體就這麼大剌剌地暴露在外頭。

京平走上前去，朝其中一具遺體伸手……

「邵、邵先生……你要做什麼？呀啊——」

京平掀開了白布！

「欸，妳認得他嗎？」

「什麼？」輕書摀著眼問。

「看一下。」

輕書又是透過指縫看世界。不過看了以後，她咦了一聲，恐懼感削減了一些。

「認得？」

「當然認得。」輕書靠近了一點，不再那麼害怕。「他是我國二寫的小說的男主角啊。」

「他現在躺在這裡，應該代表被妳腰斬了？」

「嗯，對，那時候快升國三，升學壓力好大，慈哥怕我身體受不了，便把這個故事封起來了。」

「封起來，也就代表判了這些人物死刑了。」

「嗯，是啊……」輕書有點懷念，又有點依依不捨地看著這具遺體。

「那這個呢？」京平又翻了一具，白布刷開的聲音還是讓輕書悚然。

「……邵先生，你這個動作不要做得這麼自然好嗎？這裡是停屍間耶，又不是翻家裡的棉被。」

「這也是妳筆下的女主角？」

輕書探頭看了看，點頭。「嗯，應該是大學時代寫的一篇短篇。可是那時候沒有動力寫下去了，也把這個故事封起來了。」

「算是遇到瓶頸吧？原來妳也遇過瓶頸手？」

「可是我不記得有正面跟瓶頸手交手過，印象中就是某一天這個女主角不見了，可是我沒有喪氣太久，很快又以她為雛形生出了另一篇長篇，現在那位女主角在那個世界活得很好喔。」

「我想那是因為妳當時的天照之力很強盛，犧牲一兩個失敗的人物成就一個成功的人物與故事，也是很正當的。」

「啊啊，邵先生，不要把我說得這麼冷血好嗎？還有，拜託……」輕書摀著臉，哀哀叫：「雖然他們可能都是我筆下寫過的角色，可是你可不可以不要一直翻開白布啊？這個動作還是好恐怖……」

京平又翻開了其中一具遺體，一邊看著輕書說：「正視自己的黑歷史也是成長的第一步，我希望妳可以正眼看看這些被妳犧牲過的角色，然後再看看踩著他們的屍體、如今登上高峰的妳自己……」

「就說了我沒犧牲他們好嗎……」輕書正要回應他，可當她看到剛剛被京平掀開的那架擔架床，臉色瞬間發白。

「啊啊……」她說不出話來。

京平皺眉。「怎麼了？」

她指著他身後，嚇得口齒不清：「吱吱吱吱吱吱吱……」

「妳吱什麼啊？」咦？他的眼角餘光怎麼好像看到有一個東西從擔架床上緩緩地坐起身？

「──是『吱』哥！」是慈哥？

京平一震，直覺抽出了鐮刀，但還來不及回頭，便被強了好幾十倍的地心引力壓制在地。這種熟悉的壓力，當然是來自樹慈的攻擊無誤──

但京平感到奇怪的是，終於找到樹慈下落的輕書並沒有鬆一口氣的感覺，反而是一臉驚慌。他勉強扭著頭、掃了一眼，自己也震驚了一下。

化身成金剛夜叉尊的樹慈臉色一片慘白，失去瞳仁、只餘眼白的五隻眼睛毫無靈魂，四肢更被不知來自何處的繃帶綑綁，整個人就像一具被牽線的傀儡一樣任人操控。此刻他似乎是想把之前的帳都給算清楚，不斷加重京平身上的重力，壓得五臟六腑快被震碎了。

鎮靜下來的輕書趕緊親情喊話：「慈哥！住手──邵先生是來幫我們的！不要傷害他！」

聽到輕書聲音的樹慈有了點反應，他走下擔架床，攤開雙手，搖搖晃晃地走向輕書，無論何時何地、想擁抱她的本能反應似乎連控制他的人都無可奈何。可是照他現在這副鬼樣子，輕書才不想被這樣的樹慈擁抱咧！

既然如此……她想了想，鼓足氣喊：「對不起了！慈哥──」她朝樹慈衝過去，用力撞向毫無防備的樹慈。樹慈抱住她了，可是輕書沒停下腳步，仍一直往前衝鋒，把樹慈狠狠地撞在屍櫃上。這一撞，樹慈的視線暫時失去焦點，將他施加在京平身上的壓力瓦解了，京平趕緊跳開、操起鐮刀備戰。

輕書想趁機脫逃，可是樹慈的本能太強了，把她抱得緊緊的。

「不要不要不要——慈哥你的臉好可怕！我討厭沒有眼珠子的人！不要靠近我啊啊啊！」輕書抵著樹慈想磨蹭她的臉，像經歷鬼屋一樣慘叫。

「很好！輕書妳不要動！」京平發現輕書就像手銬一樣好用，可以桎梏住樹慈的行動，樹慈更不可能傷害她，他便手持大鐮刀，快速移動至樹慈左側的死角，躍起身、揮刀進攻。

但樹慈就是有辦法一邊磨蹭輕書，一邊生出牧刀靈活地揮舞，抵擋下京平的攻擊。京平發現都是那些像操縱線的繃帶在搞鬼，便又生出第二把鐮刀，想砍斷繃帶對樹慈的控制。

樹慈的頭卻以詭異的弧度轉向他，五隻眼睛奮力一瞠，又把京平壓回了地表。

輕書快哭了。「啊啊啊，好像在哪部鬼片裡面看過這種九十度轉頭的方式，好噁心、好噁心——」

「笨蛋……」京平咬牙切齒：「不要，一直叫，想辦法……幫我……」

輕書只好痛哭流涕地伸手遮住樹慈的眼睛。果然，樹慈就是只聽她的話，乖乖地任她撫摸。

京平趕緊撐起上身，想將鐮刀刃由下往上送進樹慈的腰側要害處——

輕書看了心超寒：「你要這麼狠嗎邵先生？慈哥會受重傷啊！」

不用她阻止，那些繃帶也已經控制樹慈的右手，用一種非人的速度與角度操起了牧刀隔擋下他的偷襲。

又被拉開距離的京平懊惱地說：「不然妳要怎麼辦？一定是瓶頸手占據了慈哥體內，妳不開刀要怎麼挖出來？」

「占、占據……？」

京平往天花一看，漆黑中果然有瓶頸手在蠕動，就是他們在操縱這些繃帶；而即使太陽打西邊出來，強盛的金剛夜叉尊怎麼樣也不可能讓這些繃帶任意操控，甚至不把他主人恐懼的慘叫當成一回事，所以鐵定有什麼東西占據了樹慈體內，使他變成一具沒有瞳孔的傀儡。

這時，繃帶決定讓金剛夜叉尊主動進攻，樹慈便一手擁著輕書，一邊俐落地甩著牧刀，一刀刀劈砍著京平。京平礙於輕書的安危，而不敢對樹慈使盡全力，處於挨打的狀態。

輕書看得很心急。當樹慈代替她被瓶頸手拉下去的時候，她什麼也沒能為他做；現在她的編輯挺身為她而戰，她也只是當個拖油瓶的角色。如果她自己這樣也算小說女主角的話，怎麼看都是不合格的吧？

她看著這座太平間所停放的每一具遺體，咬著牙……

「邵先生！」輕書吼著：「對著我砍過來！」

京平一愣。「妳在胡說什麼？」

這一愣卻被樹慈逮到了空隙，利用短兵相擊的時機把他重重地甩到了牆壁上，痛得他忍不住悶哼出聲。

趁著樹慈虎虎地走向他時，輕書趕緊喊話：「你知道的，慈哥絕對不會讓我受傷，那已經是他身體的一種本能了，我們可以利用這點把他的身體挖開啊——」

京平有點不敢相信，這是剛剛叫他不要對樹慈亂來的輕書。

「你說得對……我、我是踩著這些角色的屍體，才可以變成如今的我。有犧牲才會有成長，我不會再假惺惺地否認這一點──我就是這麼冷血，我就是捨棄他們才能擁有現在的天照之力，所以、所以我相信──我很強，即使慈哥被開膛剖肚了，我還是可以把他恢復原狀！這就是現在的我！我一點也不怕你們瓶頸手！混帳！滾出我慈哥的身體，滾出我主宰的世界！快點！開刀吧邵先生──」

喊到最後，京平覺得輕書已經被那五隻沒有眼瞳的眼睛嚇到歇斯底里了。不過……他嘴角一牽，他倒是欣賞起她的魄力就是了。

「好。聽妳的。」他將鐮刀就定位。「妳不要亂動，我要砍了──」

輕書轉身，連忙拉下樹慈的脖子，讓他的五隻眼沒辦法朝京平使出壓力。她咬緊牙關，用喉嚨吼著：「來吧！」

「給．我──」京平猛力助跑：「走．出．瓶．頸──」

他壓低身體，向上一躍，朝樹慈擁著輕書的那隻手砍下去！

「幫我啊慈哥──」

樹慈彷彿聽到了輕書的呼喊，身體果然為了保護主人而違抗了綳帶的控制，加上輕書又緊緊地揣著他的手臂，他只好用自己的後背包住輕書，並迎接了京平的重擊──

樹慈的背被開了一口大洞，他仰著頭，無聲地嘶吼。

「慈哥──」輕書像是自己也受傷了一樣，痛哭出聲，但還是努力撐著他無力的身子。

京平沒手軟，以手刀刺入樹慈的傷口，拉出了看起來是瓶頸手的首腦──這首腦有頭、有身，卻沒有四肢，面目長得很像奧身，正一臉不甘地瞪著京平。京平嗜血地一笑，直接捏爆了這壞東西的頭顱。

首腦被滅，群聚在天花上的瓶頸手啵啵啵地像泡沫般地一一破滅，太平間的空間也像水洗的顏料一樣慢慢地瓦解，最後一記強烈的白光刺入京平的視線裡，他忍不住閉上了眼……

再張開時，他人坐在輕書小公寓的客廳裡——就是他們稍早出發的地點。

他看到筆電還開著，輕書的眼鏡擱在滑鼠旁邊。但她人呢？還有他們救回的樹慈呢？

他聽到浴室的地方傳來了聲響。他站起身，走過去。

「小輕……啊……小輕……」

越靠近，他聽得越清楚，一個男人的呻吟，伴隨著水溢出的聲響……

這聲音，嗯，應該是樹慈的無疑。

「小輕……是小輕，我終於抱到小輕了。嗯……」樹慈喘著氣呼喊：「快撫摸我，快解放我……哥哥好想妳、好需要妳……」

京平朝浴室看了一眼後，馬上掉頭就走，不過……

「啊，邵先生……」還是被輕書召回。

「沒事，我想上廁所，路過而已，你們繼續。」

輕書知道京平誤會了，她也很苦惱啊，她一醒來，她就抱著裸身的慈哥躺在放滿水的浴缸了，還好她的衣服還穿在身上……

「可以請你幫個忙嗎？」

「什麼忙？」看到樹慈不斷蠕動著健壯的腰肢，他眼睛都不知道要看哪裡。這對主僕寫出的故事明明就是正常向，怎麼互動的方式就這麼煽情？

「可以幫我拿筆記本嗎？在我書桌上，牛皮封面的。啊，還有筆喔。欸……你知道的，我要安撫一下慈哥。可是我不能離開……」

一聽到離開，樹慈就激動地捧著她的小臉：「小輕！妳要去哪裡？不要、不要離開哥哥，嗯……」受過傷的樹慈好像更加黏人了。

「所以，嘿嘿，拜託你了。」她放不下愛撒嬌的樹慈啊。

「好，我去拿。」

「謝謝喔。」

趁著京平幫她去拿筆記本的時候，輕書也心疼地摸了摸樹慈的俊臉，哽咽地說：「我也超想慈哥的……拍謝耶，剛剛砍了你，你痛不痛啊？」

樹慈吃力地撐著身子，額頭頂著輕書的額，努力地微笑：「只要妳趕快給哥哥，哥哥就不痛……而且我也得快點恢復體力，我答應過妳的，要煮肥牛鍋燒麵給妳啊……哥哥不食言。」

輕書又哭又笑。「對，而且我要加六片肥牛喔。」

「一言為定……」

京平在門口咳了一聲。「嗨，我拿筆記本來了。」

「啊，謝謝喔。」輕書擦擦眼淚接過，順便提醒：「可以請邵先生等我們一下嗎？廚房有茶包，你先喝個茶吧，我們馬上就好。對了，幫我們關一下門，謝謝喔。」

「好。」

京平來到廚房，找到了馬克杯和伯爵茶包，按了熱水器，給自己泡了一杯熱茶。同時，浴室開始傳出「啊啊……小輕好棒、好厲害……」、「再、再用力、不要放過哥哥小輕，啊……」、「嗯……小輕那裡不要，哥哥不行了，不行了……」、「抱我……小輕，快抱著哥哥……哥哥不能沒有妳……」那種類似A片、只是角色互轉的台詞。如果裡面不是他負責的作家和她家的天照，而這充斥激烈水聲的過程可能只是他們恢復力量、讓靈感再次劇烈萌發的必要儀式的話，他可能就要報警處理了。

雖然今天算是加班，不過，加班的效果……勉強滿意。至少他幫他的作家找回了她的靈感，渡過了瓶頸危機。

他在靠近陽台的地方找了張椅子坐下，伸了伸懶腰，便在午後微醺的溫暖陽光、以及樹慈性感撩人的浪叫聲中享受起這杯午後紅茶。

Chapter 13

為了業績編輯用心良苦啊！

輕書輕手輕腳地闔上臥房的門，也來到廚房給自己泡了一杯玄米茶。

「辛苦了。」期間京平因為等得有點無聊又嘴饞，便下樓到麵包店買了兩塊布朗尼。他把盤子推給輕書：「吃吧，妳大概也餓了。你們樓下的麵包店不起眼，但東西真好吃。」

「謝謝。慈哥認可過的麵包店，東西當然好吃。」輕書一臉神采奕奕地吃著布朗尼，看起來一點也不像經歷過激烈運動那樣疲憊，反而更容光煥發。反觀樹慈，則像被榨乾似地陷入昏睡，正在臥房中休息。

「慈哥還好嗎？」

「嗯，正在恢復中，睡一覺起來應該就痊癒了。」

京平盡量說得雲淡風輕：「靈感發作的時候，你們都這麼『恩愛』嗎？」

「耶？」

「你們在裡面大戰了兩小時，那個男的叫得亂七八糟，我還以為我在摩鐵。」

輕書哈哈地搔搔頭。「畢竟慈哥好久沒被滋潤了，他一直纏著我不放啊。看，我乾涸了一個禮拜的筆記本都寫了好幾十頁喔！好幾十頁！不過真拍謝，讓邵先生看到這樣風情萬種的慈哥。」

是淫蕩的慈哥吧……京平本想吐槽，但想想還是算了。

「所以以後我們若還是大打出手，我也不必太手下留情嘍？反正妳可以用這種方式來治癒慈哥？」

輕書苦著臉。「別這樣啦邵先生……」

「開玩笑的。」京平撥撥頭髮。「我只是希望妳知道，以後，我們或許仍會因為意見不合大打出手，但無論如何，編輯不會是妳永遠的敵人。該求救的時候還是要盡量求救，這次妳就做得很好。」

「很謝謝你幫忙，不過……」輕書歪歪嘴，有點苦惱：「怎麼辦，咖啡廳的邵先生、還有想要砍樹的邵先生，還是很強烈地留在我的腦海中啊……現在可以跟你和平地一起吃布朗尼，好像是一場夢啊。」

京平大方承認：「沒錯，我說過，我希望妳和慈哥感情不要這麼好。」但有後話：「因為妳看，這次只是瓶頸手把慈哥拉走一個禮拜妳就慌成這樣，沒有任何替代方案，也沒有任何後備投手，這樣等於把所有的雞蛋都放在同個籃子上，之後出道有的是危機等著你們。我之前跟妳說過，感情越好，你們要承受的痛苦和風險就會越大，你們最好要有心理準備。」

「嗯……」輕書默默地吃了一口蛋糕。

「當然，說出這種話的我，居心也不良就是了。」京平卻自嘲地說。

「咦？」

「我或許是想從慈哥手中搶走妳，把妳改造成我認為市場會想要的樣子，好證明自己是眼光獨到的編輯吧。可是我也很清楚，如果妳和慈哥感情疏離，代表妳也只是個平凡的創作者，根本不值得我花這麼多力氣關注。」

「呃，邵先生，我怎麼聽不出你有在反省的意思啊？」橫聽豎聽都讓人覺得這傢伙很不友善。

「最後我想開了，既然你們感情那麼好，就代表妳的創作不甘於平凡，然而不平凡的創作者想要成名，就必須靠著絕大的運氣。與其花這麼大的力氣改造根本改造不了的創作者，不如自己也賭一把，幫助這樣的創作者闖闖看……所以好幾次說了不中聽的話，只是在測試你們，從你們對我產生的敵意探知一些虛實，驗證一下我的想法。如果你們很容易被我挑撥離間、或是任由我牽著鼻子走的話，我也不必花太多心力在你們身上了。」

輕書覺得這話聽起來也不太像道歉，不過……至少是拐著彎誇獎了她和樹慈的感情深厚所造就的非凡吧？

「還有，妳聽過『養豬理論』嗎？」

「蛤？」

「如果妳投入的第一批食物很符合豬的喜好，那之後不論妳拿什麼去餵豬，豬都會任妳養。」

「豬……是指讀者嗎？」有夠狠，這樣說自己的衣食父母。

「所以妳在站上發表的第一本新書很重要。一旦被讀者接受了，之後不管妳寫什麼都是妳的自由，妳真正的風格也可以被更多人接受。」

「是……」

「但妳一開始卻設想太多，竟然妄想要擋下所有的鬼飛天，而不是讓那個中二小鬼——對，我就在說妳家主角——獨立自主，導致樹越長越大，結果反而成為藏匿瓶頸手的溫床，也不想想這樣只會盲目地撐起與主線無關的厚重篇幅，絕對會讓讀者知難而退。你們沒聽我的話，不讓樹縮小，還讓瓶頸手有機可乘，更教慈哥被拉下去受苦，這都是不聽我話的後果。」

「呃……對不起。」咦咦？為什麼最後是在開檢討大會，然後變成她在道歉啊？布朗尼都變苦澀了！

京平喝了一口茶，還沒完、繼續講：「現在回想起來，妳創造的那株樹真的是……」

「很美麗。」

「是是是……對不起。」總之，先道歉就是了。那株樹就是個沒經過他同意就製造出的麻煩啦。

「是是是，對不……咦？」

「雖然搞出了一堆麻煩，可是這株樹真的很美麗、很雄偉，我沒看過哪個創作者可以在一夜之間創造出這樣的生命。之前是我不清楚腥味出自哪裡，以為這株樹本身已經腐敗了，怪罪它、粗暴地砍傷它，是我的錯，看來我的專業還是有待加強。」

輕書要確認一下：「嗯……邵先生，你是真的在道歉嗎？」

「不然呢？」

「還有，你在誇獎我嗎？」

皺眉。「我說的是英文嗎？」

輕書還是傻愣愣地看著他，一副作夢般的表情。

京平嘆氣，把杯子拿到流理檯清洗。「忙了一整天，妳也累了，趕快陪慈哥休息吧。該說的都說了，危機也解除了，進度請繼續保持，隨時跟我報告。我走了。」

「那個，邵先生——」

「幹嘛？」

輕書站起身，立正站好。「雖然我和慈哥對你的印象還是停留在咖啡廳還有砍樹的時候……」

「我知道，很機車，很討厭。」

「可是，這次——」輕書對他鞠躬，中氣十足地喊：「真的很謝謝你！」

這麼大聲，京平反而嚇了一跳。

輕書抬起頭，很誠摯地說：「下次我們會請邵先生看電影，也會請慈哥炸豬排給你吃吃看，什麼叫人間美味。」

京平笑了——他每次一笑，都讓輕書看傻眼，那種震驚大概就像目睹了一個面癱攻突然有了笑容一樣。如果讓樹慈看到了，大概又要打翻甜膩膩的醋桶了。

「以後，」他咳了一聲，雖然還是用那種高拐的語氣說話，但不至於這麼刺耳了：「別喊什麼邵先生，我還沒三十。直接叫京平吧。」

「哦哦，那也請你叫我小輕就好。」

「好啊。」因為笑連眼神也柔軟的京平伸出了手。

輕書起先疑惑地看了看，然後恍然大悟，趕緊雙手握住，用力地搖著。

「今後，請妳多多指教。」仔細聽，其實京平的聲音很動聽。

輕書也完全放下心防地說：「也請你多多指——」

本來以為編輯與作家的故事就此 happy ending，不料忽然一把剪刀射了過來——京平反應快，手一抽，剪刀就釘在他剛剛手背所在的地方。

「把手……給我放開……」從臥房出來的樹慈扶著牆，堅持要來到輕書的身邊。

「耶？慈哥，你醒了？你還不能下床走路啦——哇！」輕書趕緊過去扶樹慈一把，卻是再度被樹慈給緊緊地揣進了懷裡，想用自己的體溫幫輕書「消毒」。

宿敵順利康復，京平又有理由露出睥睨人間的冷笑：「看來作家與編輯的和平協議沒這麼好談。慈哥怎麼不在床上多躺一會兒？」

「我要煮鍋燒烏龍麵給小輕吃，怎麼可以一直躺在床上？」樹慈即使一臉疲憊，也硬要牽個嘴角示個威。

「啊，那正好，」輕書拍拍手。「也留下來吃吧，京平。」

「小輕？」還有，這親暱的稱呼是怎麼回事？

「好啊，反正快到晚餐時間了嘛。恭敬不如從命嘍。」京平朝樹慈哼笑一聲。

「畢竟這次京平是慈哥的救命恩人嘛，否則我實在不能想像沒有慈哥在我身邊的日子。」輕書裝可憐解釋：「我已經好幾天都吃微波便當，也看了驚悚小說然後不敢一個人睡覺，好可憐喔我……」

「唔，好吧……」樹慈果然一下就心軟首肯了。他揉揉輕書的頭髮，心疼地說：「為什麼要一個人看驚悚小說呢？看，都是黑眼圈……啊！小輕？」

「耶！我來準備食材！」還沒秀秀完，心情大好的輕書鑽出樹慈的懷抱，樂得在廚房當個幫倒忙的小助手。

趁著輕書沒看到，樹慈與京平兩人擦肩而過的時候，也「禮尚往來」了一下……

「多謝相救，下次會把恩情『加倍』奉還。」樹慈咬牙切齒。

「非常期待，有慈哥『加倍』，我下手才有成就感嘛。」京平齜牙咧嘴。

兩個男人互握了一下手，骨節喀喀作響。

天照小說家的編輯課，依舊會「朝氣蓬勃」地「熱烈」展開——一如廚房白癡輕書在流理檯前的吶喊：「啊啊啊慈哥！我把蛋殼都打進去了！哇啊啊啊！我切到手指了！呀啊啊啊啊慈哥我打破碗了——慈哥為什麼瓦斯點不著！味道怪怪的耶——」

有混亂才有進步嘛！

編輯篇

Editor

Chapter 1

好一支作家潛力股

一座沒有上漆彩繪的佛寺立在陰風慘慘的山丘上。受潮的原木建築看起來單調、陰沉又荒涼。

「打擾嘍——」輕書怯生生地站在門口喊，還特地脫了鞋，赤腳踏進一塵不染的磨石地板。

她抬頭一看，哇地一聲。這座佛寺之高聳、深奧，使天光照不盡內部全貌，輕書站在大殿中就像一顆小米粒。

等眼睛適應了黯淡的視線後，隱約可以看到前方有一座巨大的神龕，神龕直頂高聳的天花，就這麼嵌入了一座巨大的千手觀音像，其手多到像萬丈光芒的光線一樣輻射，令人眼花撩亂。而觀音像背後，立著更多動作各有不同的小型觀音像，乍看之下，似乎有百尊之多。

「天啊、天啊、天啊——」十分興奮的輕書就像觀光客一樣，拚命用手機拍照，又抽出手帳本狂寫筆記，壓根兒沒注意到百尊觀音像的變化——原本垂目的和藹慈悲相漸漸地張開了眼睛，眼珠子悄悄地往輕書的方向轉動，嘴角更輕輕地揚了起來，露出了整齊潔白如貝的牙齒，最後構成了許多人都很熟悉的恐怖景象——鬼片的最佳素材、絕對不敢再正眼看第二次的日本能劇之面。

直到這些觀音像用瀝青般軟黏的觸手爬下了神龕，輕書才發現自己被包圍了，連剛剛進來的大門也被堵成一道黑牆。

「咦？」她歪頭，驚醒了。「我的鞋子在外面耶！」但驚醒的點好像不太對。她怕樹慈找不到她會擔心，便好聲好氣地和能面說：「我只是來參觀一下，我要穿我的鞋子，讓我出去好嗎？」

能面的回答是——伸出黑糯的影子手、張開血盆大口，要把迷途的小白兔吞進去。

一抹刀光從天花而降，像是一道驚天之雷威猛——影子手連輕書的汗毛都沒碰上就灰飛煙滅了。

「嗨嗨，你來啦。」輕書揮揮小手，打招呼。

刀光的主人站了起來，牧民裝扮的身形魁偉，輕書得仰著頭才能看清他臉上戴著的牛型儺面。

「洛索、洛索，你看你看——」輕書拿著手機黏了上去。「我剛剛把這間佛寺的格局拍下來嘍，下一幕場景就在這裡如何？這邊的莊嚴肅穆正好符合你想要修行的心境，剛好你也趕到了，我們一起場勘吧——」

男人的回答是——操起手上的鋼爪，劈頭一揮——把靠近輕書身後的能面抓成五瓣。接著將彎刀虎虎地揮成無懈可擊的圓，凡是妄想靠近輕書的能面都被削成了泥。

「小輕姊沒事吧？」不知從哪裡鑽出來的少女衝了過來，拿著一把用黑曜岩敲製成的匕首護著輕書。「這些瓶頸手有沒有傷到妳？」

神奇的是，這種充滿大地精華、由火山熔岩結晶成的石頭竟讓能面不敢妄動，就像蟑螂怕剋蟑一樣。

「啊啊，洛螢也來啦！太好了太好了——」輕書拉著少女的小手，給她看手帳本上的天書。「我把接下來的劇情都想好嘍！妳哥會來這裡修行，妳想要助他一臂之力，可是妳哥又鬧彆扭了，即使想妳想得要死，還是把妳拒在門外，只能聽著妳焦急的腳步聲來自我安慰——」

「啊啊！小輕姊上面——」

說得正起勁的時候，一尊瓶頸手爬到高柱上，朝她們最無防備的頭頂俯衝攻擊。一聽寶貝妹妹叫喊，儺面男人射出彎刀，俐落地射下那顆要墜地的彗星，但可想而知他此刻門戶大開，恨得牙癢癢的瓶頸手自然不會錯過復仇的機會。

「哥哥！」少女趕緊從她揹著的竹箱裡抽出一只獠牙外露的饕餮面，像飛盤一樣扔給男人。「快點換上——」

男人用迅雷不及掩耳的速度換上了新儺面，就在瓶頸手用海浪般的氣勢淹滅他的同時，隨著他的腳震地一跺，一隻剽悍猙獰的饕餮獸蛻變而出，一裂口，用更飢餓貪婪的勁道吞盡瓶頸手匯聚而成的浪濤。然而即使已將瓶頸手吞滅大半，饕餮還是飢渴，最後反而變成瓶頸手被饕餮追逐、撕裂、吞腹、殲滅——

「太強了！」輕書瞠著眼。「妳什麼時候刻好這個面具的？饕餮面具可是上等品呀！上次我們才寫到妳失敗了十一次！」

饕餮在一旁怒吼，似乎在說：「是五次！」妹妹的成長哥哥可是都看在眼裡的。

少女笑得靦腆。「小輕姊和慈哥在為我們努力著，我和哥哥怎麼可以袖手旁觀？」

「哦——妳哥有妳這麼坦率就好嘍。」輕書緊緊抱著這個從小到大都穿著羊皮袍的少女，不同的是，少女已不再是可愛蓬鬆的小羔羊，貼身的羊皮袍將她曼妙的腰身襯托得更加俏麗。

像是「我聽到了喔」的回應，饕餮甩了一塊瓶頸手的殘骸過來。

眼看這些化為能面觀音形象的瓶頸手快要被饕餮吃盡，神龕上巨大的千手觀音不再低首垂目，眼珠子滾了一圈，最後定在輕書一行人身上——像是聞到奶油麵包剛出爐的香氣，觀音像也露出了能面的招牌笑容。

輕書恍然大悟：「咦咦？原來這傢伙才是大魔王！」

「……而且祂的臉好大……」所以能面的笑容看起來詭異加倍，讓洛螢起了雞皮疙瘩。

萬丈光芒般的千手活絡了起來，攀著一旁的龕壁，緩緩地出了神龕，每一個動作都能引來六級震度的地牛翻身，震得兩個女孩東倒西歪。

饕餮不再戀戰，連忙回防，守著妹妹。

這時大觀音的千手之一舉起瓷瓶，微微一傾，竟倒出了汪洋大海。大海裡悠游著無數長了能面與人魚尾巴的瓶頸手，隨著千手之二搖起五鈷鈴的聲響，為數可觀的瓶頸手控制海浪、游成一波波彷彿有生命的浪濤，往輕書他們虎虎地捲去——

「好難纏！」洛螢嘖一聲，又甩出一只儺面拋向空中。「哥哥——這個！」

饕餮朝新儺面一躍而上，換上了新面具，一抖擻，再度幻化成新的物種——一條生滿利齒、姿如曲蛇、色澤黝黑、一看就知道不好惹的海龍。

海龍一躍進入浪濤中，只消張嘴，就像鯨魚吃蝦米那樣，瓶頸手再度成為洛索的大餐。

輕書佩服地看著洛螢：「妳好像馴獸師喔！妳哥都被妳馴得服服貼貼。」

海龍的尾巴在海面上啪地一下，水花潑得輕書渾身濕淋。

「啊！」多虧這一潑，輕書醒覺了：「大魔王是故意的！」

海龍被海中的瓶頸手移開了注意，一時半刻忙不過來，但這尊大觀音依舊和兩個女孩待在同一個地方——她們落單了。

大觀音於是面帶「燦爛」微笑，千手伏地，異常敏捷地爬向輕書。

這畫面的恐怖程度就好像一隻長了人臉的蜘蛛爬上自己的腳踝一樣，輕書慌張了：「作弊啦！一對一才對呀！」

「不要過來！」洛螢徒勞無功地揮著那把可愛的黑曜岩小匕首。

驚覺有異卻反被瓶頸手拖住的海龍只能眼睜睜地看著兩個女孩被——

一抹黑影拐走。

還有一記刺目閃光同時爆炸。

摀著臉的輕書只覺得一陣天旋地轉，然後很快歸於平靜。

「小輕……」溫柔的嗓音響在耳邊：「手放下，看著我。」

輕書怯怯地放下手，看了一下四周——只見千手觀音面上扭曲，因為祂好幾隻手疊在一起，被牧刀化成的天雷一把刺穿，釘在牆壁上，一時動彈不得。雖然不知道這一切怎麼發生，總而言之，她和洛螢都得救了。

溫柔的聲音又說：「我們之前怎麼說好的？嗯？」金剛夜叉尊的五隻威目正交織著生氣、深情、擔憂、安心等種種互相矛盾的情緒，望著他最在乎的人。

「嗨嗨慈哥，我就知道你會趕到。」輕書冒著冷汗打哈哈。

金剛夜叉尊先讓洛螢下地。「謝謝妳保護小輕，妳沒事吧？」

「沒事，可是我哥哥他被困在——」

正說著，大觀音已經拔起天雷，千手雖然流滴著黑色的膿，但仍然堪爬，便一跛一跛地向輕書他們靠近。而海龍依舊陷在瓶頸海中，忙碌地奮鬥著。

樹慈收起臉上的情緒，五目恢復一片祥和寧靜，他也讓輕書下地，但手緊緊環著她的腰，俊臉都快要蹭上她的粉頰了。「小輕，」他嘎啞地說：「回家後，我們再來『算帳』，哥哥要——」聲音更低、更性感了：「懲罰妳喔……」

「嘿嘿嘿……」輕書只能傻笑，畢竟她理虧在先，明明行前就跟樹慈約法三章，不管發現什麼驚喜，都不可以自己擅自行動的。但每個創作者都知道的，有時桃花源的路徑就是這麼一瞬間的事，如果不好好把握住，怎能柳暗花明又一村呢？

樹慈讓洛螢將輕書帶到安全的角落，自己以金剛夜叉尊之姿獨自面對龐若殿宇的大觀音。

輕書遠觀這場對峙，不免有點擔心這身形大小的差距，洛螢跟她想的一樣。

「慈哥不會有事吧？」洛螢問。

「沒事的。」表面上她還是要拍拍胸脯。「相信慈哥，他不會輕易被打——」

「倒」字還沒出口，千手觀音便像打蚊子一樣，一掌拍下金剛夜叉尊，直接打臉輕書毫無根據的樂觀。

拍胸變慘叫：「慈哥哥哥啊啊啊——」

然而慘叫的尾音尚未結束，千手觀音的掌下便溢出了光芒。大觀音露出了焦急的臉色，將千手都挪去壓制這逐漸蓬勃的光芒。

「啊！小輕姊妳看——」洛螢最先看出變化：「慈哥他——」

光芒中有樹慈的身影，但並不是金剛夜叉尊的形象，而是一尊生有八臂的明王相。雖然僅有八臂，身形大小沒有顯著變化，但樹慈竟能推舉起大觀音的重疊千手，力量毫不遜於這尊龐然大物。

「是新的天照化身！」輕書也很驚喜。「沒想到慈哥還留一手，都沒跟我說！」

這尊形象出自一面八臂的軍荼利明王的天照化身，用他八臂的握力將千手觀音的其中兩隻手折斷，接著就像骨牌效應一路啪啪啪地，千手全部遭到反折，最後力勁更直達脖頸，將能面之首折成九十度的詭奇形狀。

千手觀音轟然倒地，瓶頸手像被大風吹滾的煤灰，呼呼地從大殿的門窗消散而去。

或許是瓶頸手帶來的陰氣已經消除，這座大殿恢復了明亮，雖然是一座未施彩繪的素面佛寺，但原木不再受潮，恢復的溫潤木色與紋路反倒凸顯了此地的安寧與平靜，確實是一處適合修行的地方。瓶頸手驅逐後，千手觀音與小型觀音群也安分地佇立本位，持續用淡定慈悲的面目俯視芸芸眾生。

恢復人身的洛索虎虎地朝輕書走來，已是成年男子的他高壯如熊，輕書得仰著頭才能對上他的眼睛。

不變的還是他對輕書那桀傲不遜的態度：「妳瞎了眼嗎？這裡一副就是瓶頸手孳生的地方，妳場什麼勘啊？」

輕書戳他：「唉呀呀，你在為我操心啊。」

洛索拍開她的手：「我怕妳拖螢螢下水。」

洛螢倒是歡喜地說：「可是這裡真的好棒喔，到處都是木頭的香味，俗話說不入虎穴焉得虎子，這裡當哥哥的靜修之地多棒。我喜歡這裡喔，我一定會追著哥哥到這裡的！」

妹控一聽妹妹這麼說，聲音馬上就軟了：「是嗎？螢螢喜歡就好。」這倒也是他沒變的地方。

這部《降神》前傳經過半年的創作，這對主角兄妹已經長大成人。哥哥雖然一樣嘴壞，但也算是威武可靠、俊氣十足的草原漢子；妹妹則脫小羔羊的稚氣，蛻變為窈窕淑女，更重要的是，她也在成長的過程中生成了堅強成熟的心智，是疼愛她的兄長所不可或缺的心靈支柱。

故事中更安排過一段情節，洛索在某次戰鬥中保護洛螢而身受重傷，洛螢愧疚萬分，不顧哥哥的阻止，前往他鄉拜師學藝，努力鍛鍊自己成為技法高超的儺面雕刻師，造出各種儺面來為哥哥護身。哥哥也為了守護妹妹，不但進修武藝，也配合使用各種由儺面變成的「降神之身」奮力搏鬥，在故事中那弱肉強食的草原國度殺開重重血路，為彼此取得一塊平和的安身之地。

如今他們不但能夠在故事中保護自己，也能幫助寫稿的主人走出瓶頸手的威脅，看著他們的成長，輕書總算懂得為人父母的欣慰與驕傲，有時真忍不住要掬一把感動之淚呢。

不過即便冒冒失失地亂闖一通，仍能平安脫身，更找到令人滿意的地景新設定，這當然還是要感謝自己的守護神——樹慈。

輕書這時才想到樹慈，還有他新出現的化身，正要跑過去好好打量他的時候，一抹人影從樑柱一躍而下。

「哇！」輕書嚇了一跳。

「我不是跟妳說過了嗎？」竟然是手上拿著校稿紙本在工作的京平。「沒事不要亂設神像，誰知道那是不是瓶頸手在裝神弄鬼。」

輕書辯解：「可、可是你不能否認這是個好地方吧？」接著她一愣：「京平，我第一次看到你戴眼鏡耶……」他那張已經很冷情的長相又配上無框眼鏡，更像暴虐開關尚未啟動前的斯文抖S。唔，這個人物形象值得記起來，以後寫現代稿可以用。

「這不是重點。妳給我過來。」京平拿下眼鏡，稿子夾在腋下，把礙事的領帶塞進襯衫的口袋裡，啟動了說教系統：「佛寺太大，給我修小；別給我咦，妳連天花的圖樣都不知道，是要怎麼讓洛索因為看到天花的壁畫而頓悟？觀音像太多了，刪掉一半，千手觀音就已經很普渡眾生了，其它都是妳虛榮心作祟，我不記得妳是這麼好大喜功的人；啊，對了，洛索大人，請問剛剛是怎麼回事？那海很明顯就是一個陷阱，怎麼會有人傻呼呼往裡面跳？就不怕觀音把海收進瓷瓶裡，教你永遠出不來？然後身為主人的妳應該要審時度勢，不是像摔角賽的白癡觀眾在那裡吱吱叫……」

叭啦叭啦叭啦……

京平就這樣帶著她將這座佛寺繞上一圈，邊走邊批，就連窗台上有灰塵都是她的錯。

「還有——」

「還有什麼?」

京平停下腳步，回頭看向聲音來源。反問的不是輕書——她正不情不願地忙著做訂正筆記——而是不知何時已來到她身後、身形巨大、八臂宛如密不通風的防護網一樣守著她的軍荼利明王尊。

軍荼利下身一襲青銅甲冑，上身袒露一身精實，其八臂威猛，為了不在無意間殘害眾生，因此在他健壯的八臂與胸腹間纏滿了寫著各式禁咒的綳帶，一旦發動力量，綳帶與禁咒就會遭到破壞。經過方才與瓶頸手大魔王的對戰，他身上的綳帶落得一片狼藉，但也更添殘暴兇猛的氣息。

「正提到你呢，慈哥。」京平從下到上地打量著軍荼利明王，掀著嘴角說：「我就在想，堂堂慈哥怎麼會像螞蟻一樣輕易被消滅，原來你還藏了一手。老天，你又有第三種化身了。」

「是啊，」樹慈也禮尚往來地送上一抹殺氣十足的微笑：「為了拿下你手上那把臭鐮刀。」

京平舔著嘴唇，哼笑：「那我真是迫不及待呢。」

「樂意之至——」

眼看兩人又要像每回見面慣例、湊上去大打一架，輕書趕緊擠進兩人中間：「等一下啦!」她一臉苦惱：「你剛剛還說了什麼啊京平?我筆記沒記到……」

京平一臉興致被打斷的不耐，把剛剛說應該要安排一兩個清修之人充當清潔員，將窗台的灰塵、角落的青苔打掃一下，才不會像一間破廟，做清潔的同時，也可以在無意間向尋求頓悟的洛索提供「道」的線索，這樣一切就會比較自然云云又說了一次……

「了解！」輕書連忙記下。

「小輕！」軍荼利明王一驚，露出了操心的媽媽樣：「太暗了，寫字很傷眼喔。」威武的八隻手手忙腳亂地比劃著。

「唉呀慈哥，把手臂收起來啦，你擋到光了。」

「啊是嗎？哦哦抱歉……」軍荼利明王趕忙聽話地恢復樹慈的原型——一個鄰家大暖男的模樣。即使身懷第三種強大的天照化身，樹慈還是樹慈，依舊甜膩膩地與他的寶貝主人過著幸福美滿的每一天。京平被撩起的戰意也就這麼萎縮了下去。

「好了，今天就到此為止，我回去工作了。」京平又戴回了眼鏡。「有一堆煩死人的打樣還要檢查。」

「京平！」輕書拉住他的襯衫，緊張地看著他：「你、你覺得如何呢？」

「我剛剛不是都說了嗎？還有不要拉我襯衫，會皺。」

輕書放開手，繞著手指。「那是細節，那麼……整體呢？你覺得如何？畢、畢竟今天是期中審查呢……」

原來今天是定期的「編輯現場督導會」，頂尖原創網規定責編定期都要檢視旗下作家的寫作近況及創作質量，還有點閱率、人氣的效益評估及成長率。而擁有武天照之身的京平，當然可以進入作家的空間中，將創作的「具體」過程與細節看得更加仔細。

「就質而言，還有加強空間。」

「……是嗎？」

輕書喪氣地垂著肩膀，樹慈吊著眼瞪著京平。

「幻想有時太開外掛，要收斂。」

「哦。」

「我知道靈感倏忽而逝，但還是要講求邏輯，不要隨便大躍進。」

「嗯嗯……」

「另外回讀者留言要更即時，他們可是妳的衣食父母。」京平繼續挑剔地說。

「是是……」

「然後妳及格了。」

「好好我會改進——等等你說什麼？」

京平在查驗單上振筆疾書，一邊說：「妳工作忙，還可以有這種成績，不錯。」頓了一下，面無表情地再說：「妳進步了，瓶頸手甚至對妳構不成威脅。」

被誇獎的輕書眼睛發亮，雙頰潤紅，激動地緊緊抱著樹慈的手臂。

京平只是對誇獎的話惜字如金，他更多沒說出口的是——他確實感受到輕書在創作上的正向變化，這半年來她以非常穩定的質量進行積稿與連載。或許是明白一旦開啟連載，便對作品、編輯與讀者都有一份責任，這份責任成為她創作的壓力，卻也是驅動力，讓她一入座就必須一直寫、一直寫——毫不停歇地寫下去，不允許有任何空白地帶的存在。在這樣馬拉松式的歷練當中，輕書於是在構築空間、孕育人物與情感、突破套路與創意之間的隘口、打擊瓶頸手的經驗上也就更加完熟，那些他挑剔的缺點反而只是枝微末節的瑕疵，完全遮掩不了她那股巨大豐沛、宛如太陽炙烈的天照之力——樹慈的第三種天照化身不知不覺地蛻化而出就是一個極好的例證。

輕書是一位擁有潛力股的優秀作家——但京平不會傻到貿然說出口。切忌將旗下作家捧上天也是一位編輯的職業道德，那只會妨礙作家的自我成長。

散會前，京平隨口問：「對了，妳最近到底在忙什麼？我看妳回信的時間竟然是凌晨兩點，跟妳約了好久才約到今天督導——等等，我是不是沒有問過妳從事哪一行？」

輕書一愣，搔了搔頭：「我的工作沒什麼好說的耶……」

「是嗎？」不肯說，京平也就不多問，只說：「工作忙，會影響寫作吧？」

輕書倒是自信地嘿嘿笑：「不會不會，總有辦法的啦。」

看她還能傻呼呼地笑、樹慈仍揣著「我很想幹掉你」的閻王臉、而她手下的人物也一副「我一秒鐘幾十萬上下」、急著要離開這裡的焦躁模樣，京平也就不再操心。

這是一切都上軌道的好徵兆。

「總之，繼續保持下去。下次見。」

「好的，下次見——哇！」

京平才剛轉身，樹慈就已經忍不住將輕書奪入懷，說著那膩死人不償命的甜甜愛語：「小輕，妳是怎麼答應我的？嗯？怎麼可以扔下哥哥一個人亂跑呢？不行，我這次不讓步，我們馬上回家——啊還有！妳剛剛是不是覺得那傢伙戴眼鏡很帥？我都知道喔！壞孩子，哥哥要懲罰妳才行，不，我不放開，我要一直抱著妳回家──」

雖然京平假裝沒聽到，不過他哼哼地想──說什麼懲罰，明明每次被搞得綿軟無力的都是樹慈自己。

忽然，京平感到一陣顫慄，像是小強爬過手臂似的感覺，他趕緊舉起手臂一看──當然沒有小強，可是毛骨悚然的感覺仍停留在皮膚上。

那種感覺他竟然有點似曾相識──好像一本超趕的書要準備送印刷廠出樣了，卻驚覺三校稿的勘誤根本還沒回傳一樣，實在驚悚。

不過他的手機響了，編輯部急叩他回去開國際書展的籌備會，他忍不住「按」了一聲，也就沒再深究那份詭異的感覺了。

Chapter 2

請多多指教，同業！

一年一度的「萬畝國際書展」是出版業的一大盛事，舉辦地點位於萬畝市內硬體設備與人潮容納量皆首屈一指的萬畝展覽館內。書展除了可以清庫存、海撈一票之外，也是交易版權、將自己旗下的特色作家推薦給更多讀者或異業廠商的重要時刻。因此書展的籌備會總是提前半年起跑，從八月仲夏開始，就要為舉辦在隆冬時節的書展作一系列的準備。

而京平今年抽了下下籤，擔任頂尖原創網的「書展特別企畫籌備委員長」，必須扛起所有書展企畫的執行工作。於是，即使已經連續多天深夜才離開辦公室，眼神已經因少眠而殺氣十足，他現在還是得在萬畝展覽館大樓耗著，等待聽取簡報與召開分配攤位的協調會。

當大廳廣播著「第二十二屆萬畝國際書展概況報告暨攤位協調會即將開始，請參展廠商代表至二樓第一會議室報到」時，京平已來到會議室門口，在櫃台簽到、交換名片。他感覺到櫃台小姐的視線一直黏在他臉上，可當他正眼看向對方時，小姐又紅著頰、慌張地轉開，京平不禁懷疑到底是他臉上黏著眼屎，還是自己想睡的眼神真的已冰寒到足以殺死所有好奇的貓？

他轉身要進會場時，一位身穿精緻的OL套裝、綁著俐落的包包頭、妝容淡素典雅、卻過於冰山冷面的小姐踩著熟練的高跟鞋腳步盈盈走來。這樣幹練的身影在商業辦公區隨處可見，並不稀奇，但不知為何，京平感覺到一股熟悉卻又陌生的氣息，不經意地抬眼看了一下這位小姐——

他結實一愣，招呼很想脫口而出，可是想想不對——這位小姐竟完全不認得他的樣子，就這麼與他擦身而過，逕自到櫃台簽到。

是認錯人了嗎？他想。他印象中的那個人可沒這麼正經八百、好像要上戰場、談幾億大case的模樣。

進場入座後，那位小姐坐在京平的斜前方，從介紹本屆書展規畫特色的簡報開始後，京平就無法將注意力從她身上移開。他發現她有時會很認真地聽簡報，但不一會兒便出了神，翻開一只黑皮記事本狂記筆記，好像台上的人講了什麼聖賢大道理，讓她亢奮得瘋狂書寫，連旁人也被她入魔的模樣嚇到。京平納悶，他覺得每年的書展特色都大同小異啊，像他們這種老鳥都會翹著二郎腿玩手機或是趁機補眠。

京平的手機響了，有幾則工作訊息透過「CL3」的通訊軟體C了進來，打斷他對OL小姐的觀察。他皺著眉頭處理時，隱隱聽到了呼喚聲——

「小輕姊、小輕姊……」

他一怔。這聲音不是……

「小輕姊，哥哥叫我出來跟妳說，妳這樣的劇情發展讓他很困擾啊……」

他抬頭一看——果然是洛螢！她正和簡報者一起站在講台上，拱著手朝著京平的方向輕聲呼喊著。她維持一貫草原牧民的打扮、揹著她身為儺面雕刻師必不可離棄的竹箱，站在電腦與投影機旁邊、面對這間西裝與套裝充斥的會議室，有說不出的違和感——當然，會感覺違和的就只有京平自己，因為唯有擁有玄眼的人才看得到她。

等等——她會出現在這裡，不正代表……京平看向那個依舊走火入魔地寫著筆記的OL小姐，表情是不可置信的訝異。

洛螢又揮揮手試了幾次，發現那個人還是沒有理會她，有點焦慮，只好跑下台，「抱歉抱歉」地鑽過一排排坐滿人的椅子，千辛萬苦地來到那位OL小姐身邊，總算搖醒了她。小姐驚醒了，彎下腰聽洛螢和她咬耳朵。

「還有，慈哥他……」

「什麼？真的？難怪我剛剛找不到他……」在旁人看來，這位狂寫筆記又自言自語的OL小姐真是怪異至極，但對京平來說，總算真相大白。等OL也「抱歉抱歉」地鑽過坐得滿滿的人群，小跑步地離開會議室後，京平拉著袖子看了手錶，很清楚接下來的報告又將進入陳年不變的「書展基金會預估本屆人潮將突破百萬人次」信心喊話，便插著口袋大搖大擺地走出會議間。

出了門口，京平左顧右盼，沒在廊道上看到OL小姐的蹤影，只好隨處找。拐了彎，他看到前方有一名男子步伐踉蹌，得扶著牆壁才能走路，他快步走向那人。

「先生？你沒事吧？」這人一副心臟病快要發作的樣子，緊緊地抱著胸口。「要不要我幫你打一一九？」

「不……我──」男子抬頭，正要微笑婉拒，但一見是京平，潮紅冒汗的臉上馬上聚滿殺氣。

京平也瞠著眼，接著不怕死地哼笑：「唷，慈哥，西裝很帥喔。」

「你──為什麼在這裡？嗯唔……」樹慈應該是想要威武地逼問京平的，可詭異的是他的強硬間參雜了令人想入非非的呻吟與呼喘聲。

京平倒是見怪不怪，甚至很清楚樹慈此刻正在經歷著什麼。他挑著眉說：「我才想問問，你在這裡做什麼呢？」

「不關你的事──啊……」樹慈受不了了，身子發軟，只好癱坐在一旁的扶手椅上休息。他拉下領帶、解了領口，但渾身的炙熱依舊散發不了，喘吟的聲音越是壓抑越是劇烈。

京平於心不忍，畢竟是他作者的天照之身，不能放著不管。「唉……我拿水給你。你冷靜一點，不要給我在這裡發情，我不想看──」

「呀啊！慈哥──」

忽然，一道冒冒失失的呼喊聲朝他們奔來，兩人同時轉頭看去，看到那位不苟言笑的OL小姐正拎著高跟鞋、赤腳朝他們百米衝刺──

「小輕！」樹慈趕緊站起來敞開雙手，迎接OL小姐熱情的撲掠，OL小姐力量之大，竟也把一百八十公分以上的樹慈逼進了牆角動彈不得。京平趕緊閃邊去，才沒被波及到。

「我想到了我想到了我想到了慈哥！昨晚的bug要怎麼消除了！只要洛索犧牲色相去勾引那個郡主一切就合理化啦！我正想跟你說你就不見了，你到底去哪裡了嘛討厭討厭──」

「對不起我……我本來要跟著小輕……嗯，可是妳走太快了，啊……小輕不要……」

「不行，我還沒寫完，慈哥的胸膛借我當桌子一下──站好，不要動喔！我快要把這段寫完了，今天下班回家key到電腦上就完成啦！不要動喔喔喔！」

「真的嗎？太好了……嗯，小輕，嗯，好棒、好棒，哥哥快受不了了，再深一點、深一點──嗯啊啊啊──」

又是角色顛倒、激情十足、劇情超展開的A片場景，完全是局外人的京平只好抹抹臉，找了台飲水機裝了杯水回來，一邊啜著一邊耐心地等待這對主僕神奇的互動結束。

在筆記本畫上潦草的句號後，樹慈總算被吃乾抹淨了，精疲力竭地癱軟在他主人的肩上，但他知道他的小主人撐不起他的重量，便還是施了點力撐著自己，擁著那個因為靈感泉湧而興奮得忘了怎麼走路的OL安穩地入座。即使如此，OL小姐還是不放過樹慈，渾然忘我地埋首在筆記本上字斟句酌，務求將靈感通通傾盡、不願錯放任何文字。

啊，是了，這才是他熟悉的天照小說家輕書。剛剛那位活像總裁女秘書的OL到底是哪位啊？

「小輕……好了，哥哥不行了，停筆好嗎？等一下妳還要工作，我們克制一點。」就怕自己會再次失控，讓主人在工作上無法回神，樹慈不得不捧住她的小手，溫聲低哄：「我們回家再寫吧？還有寫字靠這麼近，近視會加深喔。」

「可是……」

「乖，聽話，哥哥今天做親子蓋飯給妳吃，還有炸雞塊，如何？」

「好吧……不過這裡再讓我加一句，拜託。」

「小輕……嗯……不要了……啊……」那一句果然關鍵，又讓樹慈領受了高潮的顫慄。

「好了！收筆。但慈哥要答應我，晚上不管我多亂來都不可以阻止我喔。你又不是不知道現在寫到最重要的地方，一定要集中火力衝過去啊。衝過去之後，結尾就不遠了喔。」

「當然……」

「哇，慈哥你身體好熱，你很喘嗎？」

「沒事，小輕高興就好。走吧，我們回會場去……」

「好啊，回到會議室又可以繼續坐著寫了！慈哥等著被我調戲吧，哼哼。」

「哥哥隨時都可以讓妳調戲，可是該聽簡報的時候還是要專心喔小輕……」

看著兩人繼續你儂我儂，完全視一旁的編輯為無物，京平不知到底是該喪氣自己的低存在感，還是慶幸他的作家在創作上能夠擁有如此高的專注力。

他「嘖嘖」幾聲，不得不用挖苦來提醒小說家注意一下他的存在：「昨天還說要處罰她呢，我倒覺得昨晚是你這個M被虐了，慈哥。」

OL小姐一愣，順著樹慈的殺人視線回頭一看，才發現自己身邊有一個外人。

「奇怪，」OL瞇眼看了許久。「我怎麼聽到京平的聲音？」

原來方才兩人擦身而過不是這位小姐在裝酷，而是完全看不到他。老天，這傢伙的近視多深啊？

「沒有，小輕聽錯了，我們快走。」樹慈睜眼說瞎話，擄了主人就要逃。

「我才沒幻聽。我的眼鏡、我的眼鏡……咦奇怪？剛剛不是放在慈哥的西裝口袋嗎？」

小手又往樹慈的胸膛亂摸一陣，樹慈性感地「嗯啊啊」幾聲後，只好投降，心不甘情不願地為主人戴上他藏得好好的眼鏡。

一切都清晰了。

「哇呀！」「回歸完全」的輕書往後一跳：「你怎麼在這裡——京平？」

「莫名其妙，小姐，」京平皺眉。「這才是我要問妳的吧？」

既然無心再聽一成不變的報告，也不想趕回公司上班，還發現彼此可能是同業，當然就在展覽館裡的虎斑貓連鎖咖啡廳入座休息。

直到樹慈威脅要用叉子挖出眼球前，京平始終用不可思議的眼神打量著輕書。他曾經揣測過輕書的職業，但最不可能想到的，就是她竟然也會是一名編輯。

「名片，」他氣勢洶洶地伸出手：「給我交出來。」

「是是是。」有人這樣交換名片的喔？「請多指教，前輩。」雙手遞上。

「嗯，請多指教。」京平定睛一看。「彩樂出版社，助理編輯，唐輕書？」

他抬眼盯著輕書，再確認一次。

此時的輕書脫了套裝外套，捲起襯衫袖子，解了緊綁的包包頭，戴上粗框眼鏡和草莓髮箍，更把高跟鞋換成了平底帆布鞋，高溫不下的炙熱仲夏天總算解放了她，讓她從古板的總裁秘書回歸成京平熟悉的隨性與清爽。

「做個助理編輯沒必要穿得這麼老氣吧？」京平說。

「你不懂！我出去討論 case 都被作者或委託單位瞧不起，他們每次都說：『咩咩，妳高幾啊？』、『妳家沒有大人嗎？』我說的任何建議跟案例都要被他們懷疑，因為我看起來就像個高中生。」

「才助理編輯就要出去談 case？」

「沒辦法啊，公司流動率大得誇張，我現在是全公司第二資深的菜鳥了。」

高中生有點誇張，但她確實像個大學生。然而反過來想，如果輕書真的是個適合穿套裝、腳踩高跟鞋卻老氣橫秋的 OL 小姐，他無法想像這種人可以寫出有趣的奇幻小說。

冰鎮的檸檬乳霜蛋糕、熱咖啡、藍莓冰茶上桌後，京平又好奇一問：「妳在外面都這樣記筆記？」

或許是套裝束縛解開了，也可能不用再偽裝成熟堅強，甚至必須假裝不認識自己的守護神好讓自己沒有懦弱的藉口……總之把樹慈當懶骨頭沙發靠的輕書顯然放鬆過了頭：「耶？是啊是啊，有桌靠桌、有牆靠牆，只有地板的話就趴在地上寫吧哈哈——唔哦哦哦！慈哥慈哥慈哥！這個蛋糕好好吃，有冰淇淋口感喔，你吃吃看，然後做給我吃啦！」

「看在普通人眼裡，妳不覺得很奇怪？」京平喝了口黑咖啡。

「有什麼好奇怪？」前一刻寵著輕書的樹慈馬上翻臉反問。那是他和他的主人感情好的明證，不容許外人胡亂質疑。

「好啦，我知道幹練的人才不會用高中生抄課堂筆記的方式寫筆記，可是啊……」輕書咬著藍莓冰茶的吸管，聳聳肩：「我上次跟京平說的辦法就是這樣。」

「辦法？」

「你上次不是問我工作這麼忙，要怎麼維持創作的質量和水準嗎？這就是辦法。」輕書晃著那本被磨得光亮的黑皮筆記本。「不管我在哪裡，或在做什麼，我都督促自己不准停止思考，一旦有點子了、或把 bug 想通了，這些想法都要趕快傾倒進去，這樣等我回家一坐在電腦前就可以馬上進入狀況。時間很寶貴，我可沒時間浪費在空轉上呢。」

「原來如此……不論在出差、逛街、吃飯或搭捷運的途中，都這樣？」

「嗯，是啊。」

能有這樣的想法與實踐力的作家確實盡責，樹慈得以在短短的半年中進化出第三種天照化身，大概也出於作家這種自律性的磨練。只是一旦靈感在熙來攘往的大街上或擠得水洩不通的車廂內生發時，樹慈被當眾愛撫呻吟的那種畫面實在令人不敢恭維——雖然也沒多少人擁有「玄眼」來一窺這煽情的景象。

總之，京平感到一陣安心。

他曾經憂心作家與自己的天照之身過於親密，可能會讓作家耽溺於單一的創作之路，無法開闊令人耳目一新的新局，然而這半年來輕書確實交出了亮眼的成績——連載定期、人氣成長、佳評如潮，她的名字與『降神』也漸漸擠進搜尋排行榜，而這份成績便是源於她與樹慈之間任誰也無法取代的深厚感情。未來如何，他不敢說，但至少近期他不會再阻撓輕書的任何天馬行空了，反而會鼓勵她繼續用自己的方法保持下去，尤其她已經出社會、進入職場工作，更要有效把握每一天的零碎時間創作……

等等！京平一震——如果這份工作是「編輯」的話……

京平想了想，問：「我為什麼不知道妳也是個編輯？」

「你又沒問我。」

「妳不會主動跟我說嗎？」

樹慈斜著眼說：「等小輕可以在專業上打敗你，她自然會跟你說。」

輕書的反應倒是直率：「是啊是啊，在這麼強的同業面前承認自己也是編輯，感覺怪尷尬的哈哈哈。」

「哦？我就當妳是稱讚我了，同行。」

樹慈咬牙切齒。「小輕想要表達的是你給她太大的壓力。」

「妳當多久了?」京平繼續問。

「再過四個月就要滿一年了。」

掐指一算,他們剛簽約時,她確實是個連試用期都不知道能不能通過的菜鳥,也難怪她不想跟他坦白。

「妳為什麼選擇當編輯?」他再問。

輕書傻呼呼地直線反應:「為什麼不選擇?」

京平一愣。

「我喜歡書,又會寫作。中文系、會寫作、喜歡書,具備這些條件的人不當編輯不然要幹嘛?」

嗯,這傢伙果然沒想過自己為何會成為編輯,就跟那些「當編輯多好,可以成天看好多好多的書耶」的外行人一樣。

京平再探輕書的底。

「那妳覺得編輯是什麼?」

「咦?編輯是什麼?嗯,我想想……」輕書開始數起手指頭:「就是催稿、讀稿、抓錯字、抓bug、寫文案、當美編的出氣包、查證資料是否正確、確保書印出來不會有任何錯誤,做一堆和書有關的行政雜務……吧?」

輕書越說越心虛,因為京平幾乎是嚴厲地瞪著她。奇怪耶,他又不是她的公司前輩,她沒做錯事吧?

京平當然不滿意她的答案——這傢伙很明顯沒有意識到當一個編輯最關鍵卻也最致命的重點，果然是個做不滿一年、腦袋裡只有熱血沒有理性的大菜鳥！

如果忽略那道關卡、疏於預防，遲早有一天會危害到她的創作事業！

「好啦好啦你不要生氣，我再想想還有什麼……嗯，開會、寫會議紀錄、簽書會的時候幫忙買便當……」

「好了，小輕，乖，別數了。」

樹慈輕輕合攏起輕書不夠用的手指頭，冷冷地問：「邵先生到底要問什麼？直問吧，彎來彎去可真不像你。」

京平牽著嘴角。果然是霸王型天照，一點掩藏的心機在他眼裡都是多餘的。他甚至覺得——或許樹慈也是知情的，但就像上次面對瓶頸手一樣，他選擇不公開也不求助，即使吃過苦頭，他還是想要暗中將事情完美解決，只讓他最疼愛的主人領受創作過程中最甜美的果實。

雖然兩人幾乎無時無刻都在為敵，但難得的，京平確實贊同他身為天照之身近乎本能的做法——如果樹慈當真知情「這道關卡」的存在的話。

現在正值輕書邁向完稿的衝刺時刻，她在平台上的表現都處於即將登入巔峰的極佳狀態，一旦《降神》前傳獲得廣大支持，他們之後要推其它《降神》系列作絕不成問題，即使過於厚重，相信讀者也會因為「養豬理論」而買單。對此時的輕書而言，靈感的凝聚力、投入的專注度以及盲目的自信心都缺一不可，密切關係著她能否邁步前行、直抵終點的續航力。畢竟寫小說——尤其是長篇小說，就是一件如果不懷著「我一定可以做到、而且沒有人可以做得比我好」的信念、就寫不到「THE END」的事。

因此即便要隱瞞、要說謊，都必須替她維持住這股豐沛能量才行。他可不希望自己一句無心的經驗分享反而讓輕書意識到自己正搬著石頭走在何等坎坷的上坡路上。他雖然常常嚴苛過了頭，背地裡也被一些作家「死神」又「魔鬼」地臭罵，可他還有點人性，沒事不會要作家自斷後路，那終究事關自己的年終啊。

正思索著要如何開口，「溫和」地經驗交流一下，忽然有人揚聲喚道——

「唉呀？這不是……邵京平嗎？」

京平怔了怔，回頭一看，直到散會前，川字眉都沒有鬆開過。

Chapter 3

好作家、好編輯，妳想要做哪一個？

和京平一樣，來人是一個會讓女性的目光流連駐足的高挑男人。但不同於京平的低調與不以為意，那人很清楚自己在長相與身材上的優勢，明白髮尾要推剪到何種程度才能襯托自己俊挺的臉型，挑的那身鐵灰直紋窄版西裝與尖頭牛津鞋的搭配也成功收放了他的身線比例；但他更心知肚明的是何時該適可而止，好讓人覺得自己是個有品味內涵的成功人士，而不是在酒店下海陪笑的牛郎公關，儘管耳環、戒指等飾品一樣也不少，但在氣質上就是能做到不讓人反感或看輕的程度。加上他隨時含笑的眼神、略帶鼻音的慵懶語調，一旦談起話來，輕而易舉就進入了對方的安全範圍內。

他朝京平伸手，笑問：「好久不見，都好嗎？」

京平不為所動：「都好，謝謝。」

懸空的手並不讓他覺得尷尬，繼續寒暄：「你會出現在這裡，代表你們明年也要參加書展嘍？」

「是。」

「我們也是。」他扶著京平身旁的空沙發椅背，偏頭看著輕書，笑得和藹：「哦？這位漂亮的小淑女也是同業嗎？」

毫無防備的輕書被他像貓一樣晶亮的眼睛一盯，心頭不免小鹿亂撞。「你、你好……」

她想拿下髮箍、眼鏡，恢復「武裝版輕書」，但被男人阻止。

「是我打擾你們，輕鬆就好，不用拘謹。交換一下名片好嗎？有機會彼此可以合作一下，互相砥礪砥礪。」

「好、好的。」輕書雙手遞上名片。「請多指教。」

「請多指教。」

雙方交換了名片，男人仔細地端詳名片上的內容，好像輕書交給他的是極為珍貴的資訊。輕書也因為這位名叫王道的男人任職於「杉傳媒」的藝文組、還有個組長的職銜而眼睛一亮——杉傳媒可是個跨足新聞、電視、廣播、網路與各種影視電玩版權代理的大型媒體集團，旗下也有一個類似頂尖文學網的「杉文學」平台在營運著，物色著可以售出 IP 與各類版權的出眾作品。

「彩樂出版社的助理編輯啊，辛苦妳了。」這個名叫王道的男人，正擒著深不可測的笑容。「但我想妳的身分不只是助理編輯吧？」

「咦？」

王道輕輕一瞥輕書身邊，精準無誤地對上了樹慈警戒的眼神。

「等、等等，你——看得到？」輕書驚訝無比。

「這位紳士也介紹給我認識一下吧，如何？」

這人既然看得到樹慈，正代表他也擁有「玄眼」。

京平冷冷地說：「那是她的天照。」

「天照？真不容易啊。」王道臉上的驚訝也演得恰如其分，只有京平知道他一點也不驚訝。「那麼，冒昧問一句，妳是小說家，對吧？」這話雖是問句，卻語帶肯定。

「呃……是的。」

「會和京平待在一起……代表妳也是他家平台出身的？」

「是。」

「筆名？」

「『卿梳』。你可能沒聽過……」

「最近在連載《降神》，是吧？」

「咦？」

「我看過，非常精采的作品。」王道說得十分誠摯。

輕書紅了雙頰。

樹慈看了一眼京平，編輯臉上的表情很陰沉，但他無法阻止王道靠近輕書。職場就是這樣，如果討厭一個人，誰先表現出來就輸了。

不知不覺，王道已經進入了安全距離，當他自然而然坐下來時，輕書也忘了他本來只是一個路過的路人，而她的編輯京平絲毫沒有歡迎他的意思。

透過《降神》前傳為引子，王道和輕書輕鬆地聊了起來。王道很中肯地分享了他在故事中看到的優點與缺陷，但每一句話聽在作家耳裡都是真懇的誇獎，毫不浮誇。至於樹慈的存在完全被王道當作空氣一般忽視，方才那副吃驚的模樣果真是裝的——他相當習慣作家擁有獨立個體的天照之身，他甚至不以樹慈那股總想驅逐擅闖禁區的外人、企圖獨占與守護主人的氣場為懼。

兩人就這麼一路談談笑笑，談及了輕書與她的編輯京平的邂逅，話題更十分順暢地導向了為何王道會與京平認識。

「我們都是西川國際文學的翻譯組編輯，京平還做到英美線的小組長呢。」王道說。

「西川國際文學？」輕書很吃驚。「那個每次一出手就打敗所有華文版權公司、簽下很多暢銷翻譯書的西川嗎？」

「是啊。」王道笑盈盈地看著京平。「因為外面已經沒有敵手了，所以最後反而是我們這兩個組長在一較高下呢。真懷念我們總是在會議桌上切磋的日子啊，京平。」

輕書瞠著眼，略帶崇拜地看著撐著臉頰、一臉索然的京平。

「只是沒想到，就在事業蒸蒸日上的時候，這傢伙遞了辭呈。總編到現在都不諒解他紆尊降貴去做華文原創這塊市場。」

「你幹嘛降級啊京平？」輕書急問。

「降級？」京平狠狠瞪了輕書：「妳就這麼看輕自己的創作？」

「呃……對不起。」

「我因為沒有可敬的對手，也從西川跑出來了。」王道把玩著食指上的戒指。「現在在杉傳媒的藝文組負責版權和 **IP** 的業務。」

「原來如此……影視版權和 **IP** 現在好夯呢。」

「所以，京平，」王道搭上京平的肩：「如果你想讓《降神》前傳改編成電影或電玩，不要忘了找我喔，我可以提供專業協助，讓我賺一點顧問費就可以了。」

京平還是一張晚娘臉，斜眼瞪著王道，好像他的手很髒。

輕書忍不住偷偷踢了京平的鞋子，京平直接踩住她的腳，叫她「住嘴」。

「別在意、別在意。」王道還是笑咪咪的，脾氣很好的樣子。「因為我們兩個每次都在會議桌上吵架，所以這傢伙到現在都不給我好臉色，我習慣了。」

京平完全被套了小家子氣的帽子，他都不懂得收斂一點嗎？輕書想。

「不過……輕書，我有個問題，想要請教妳。」王道調整了一下袖釦，彷彿不經意地問出口。

「咦？請問？」

「我明白現在的出版市場無法養活全職的創作者，所以也不難理解妳為何會從事編輯的工作，畢竟要先有麵包才能有夢想嘛。不過值得慶幸的是，這兩者都是出自妳個人的興趣，對嗎？」

「是、是啊。」

「那麼，好作家，好編輯……」王道抬眼，笑眼彎彎地問：「妳想要做哪一個呢？」

輕書一怔。

樹慈眼利，看到像雪花般的東西撒在桌上。他往上一看，發現天花板竟然出現龜裂，有什麼生物正在蠢動，讓屑粉抖落了下來。

「我……我想……」

京平忽然前傾身體，想說什麼，王道卻伸手阻止他，溫聲鼓勵輕書：「沒關係，說說看，輕書。讓編輯了解妳的工作也很重要啊，不是嗎？」

該死……京平有不好的預感。

「我……」輕書忐忑地看了樹慈和京平，怯怯地說：「我喜歡書，也喜歡寫作，所以……」

「所以？」

輕書深吸一口氣，大膽地說出口：「所以我想當個優秀的作家，可是也想成為像京平一樣出色的編輯。」

「哦——是嗎？」王道輕輕地拍了拍手。「人就是要有志向，好志向是成功的一半喔。」

「哈哈，哪裡，謝謝誇——」

「可是妳能把其他人的作品當成自己的作品嗎？」

「咦？」

「即使赴湯蹈火也在所不辭？」

輕書這才發現，王道的笑眼中藏著一把犀利的針，他轉著戒指的手勢始終沒停過。

「我……我……」

「當然不行啊。」王道替她回答了。「因為妳這樣就不能做個好作家了。」

樹慈想打斷對話，可他和京平都震住了——他們都看到有一個黑糊糊、長條狀的東西從天花板的裂痕中掉下來。一個掉在輕書的藍梅冰茶裡，一個掉在輕書的領口後，但輕書太努力回應王道的問題了，沒有注意到。那到底是什麼東西，沒人看得清楚，只隱約看到有無數的腳在深色的冰茶裡詭異地蠕動著……

「可、可是我也有想方設法在為我的作者盡力……」

「輕書，好的東西當然要為自己留著啊，人本來就是自私的，不必羞於承認。」王道終於看了一眼樹慈。「妳怎麼可以把這麼雄偉的天照之身拿去為別人的作品服務呢？」

輕書從來沒想過這個問題，她趕緊回頭看向樹慈——樹慈正要伸手替她除去那掉進她衣領的東西，忽然被她這樣心慌意亂地看著，他的心都碎了。

「小輕，沒事的，我……」樹慈想安慰她。

「自私沒關係，」王道又加了把勁，說得殷切。「可是人不能貪心啊，輕書。」

這時輕書的手機響了，輕書嚇了一跳，看著螢幕。

「好作家、好編輯……」王道笑嘻嘻地說：「只能讓妳選一個喔，輕書。」

手機鈴急得像要爆炸一樣，輕書不得不接起電話：「喂？是、是，啊，南槁老師午安……是的，已經發排了，是……什麼？可、可是我問過您是否已經定稿了，您很明確答應我了啊——蛤？我、我才沒有擅作主張，而且老師已經改了六次稿了，再改下去後面的期程都要delay，我這裡沒辦法跟行銷、通路交代，而且我會被美編殺的。老師，您不能這麼說啊，我確實真心為作品好，可是還不到要殉道的程度……啊！老師？喂？喂？可惡！掛我電話——」

輕書急得失了分寸，想要再回撥電話，偏偏被經過的服務生撞掉了手機，她幾乎要不顧形象、五體投地跪下去找電話了——這時樹慈不知何時已來到她身後深深地擁住她，溫暖的大手輕柔地摀住了她的眼睛。

「小輕，乖，冷靜。」

「慈、慈哥……怎麼辦？怎麼辦？那本書不能再延期了，我走投無路了啦！」

「沒事的，深呼吸……」他貼著她的耳細聲地誘哄：「手伸出來，給哥哥……」

「啊，乾脆這週末都加班吧，去美編的工作室打地鋪，他一邊排版我一邊校對，這樣那本書就趕出來了——」

開什麼玩笑？週末要給他好好在家衝刺結局才對，加什麼班啊？京平正要起身阻止，卻被樹慈露出的金剛夜叉尊的五目制住了，同樣的，王道也受制於這股幽冥的力量，無法再火上加油，但他不以為意，反而像看好戲一樣，津津有味地盯著這對主僕。

樹慈握上了輕書的手，與她十指交握，然後輕輕地搖晃著她的身子，在她耳邊哼起了安眠曲的調子，讓輕書完全放鬆。這時輕書的袖口裡鑽出了一條黑糯糯的東西，京平起初以為是蛇，定睛一看，不禁悚然——竟然是一隻蜈蚣。

蜈蚣像被催眠似的，晃晃悠悠地爬到樹慈的手上，樹慈用力一握，蜈蚣瞬間爆開成花——它被孔雀明王尊的力量逼成了一朵色澤豔麗的帶刺紅玫瑰。

王道吹了聲口哨，讚嘆這尊擁有自主意識與生命的天照所身懷的力量。

輕書聞到了玫瑰花香後，確實鎮靜了一些，她撥開樹慈的手掌，怔怔地看著他手上的紅玫瑰。「好香喔……」

「是啊。」

「可是有刺啊，慈哥，你的手受傷了……」

「小輕不覺得這位老師的書就像這朵玫瑰嗎？雖然莖葉帶刺，可是只要把刺拔掉了就是一朵漂亮的玫瑰花喔。」樹慈將這朵玫瑰的尖刺一一拔掉後，讓輕書握著，然後單膝跪地，牽起她的小手，深深地望著她。「不會有問題的，小輕，之前好幾次危機我們也都平安通過了，我們這次也可以把這本書變成漂亮無刺的玫瑰花的，相信自己，嗯？」

輕書咬著嘴唇，點點頭。

「妳看，哥哥像不像在向小輕求婚？」樹慈打趣道。

「夠唷慈哥……」多虧這打趣，輕書破啼為笑了。

「我們回辦公室吧，好好打電話跟老師討論看看。」樹慈替她將手機撿起並且收好，讓她暫時不要碰任何電話。

「好……」

輕書收拾自己的東西，向京平和王道道了聲歉：「對不起，剛剛好像失態了。」

「沒關係，我們都遇過。」王道笑看京平：「因為渡過了，所以我們現在才會坐在這裡，不是嗎？」

輕書笑了笑：「謝謝，真希望我也可以像你們這麼優秀。」

「笑不出來就不要笑，難看死了。」京平可不領情，又和樹慈對瞪了片刻。

「再見喔。」

「有什麼問題隨時告訴我，知道嗎？」京平兇兇地說。

「是是是……」

樹慈擁著輕書離開了咖啡店後，京平與王道之間陷入令人窒息的沉寂中。

「你這是在做什麼？」京平壓抑著慍怒，問：「王道。」

王道依然玩弄著他漂亮的戒指。「沒什麼，就只是一個小書迷對崇仰的作家有著一些好奇而已。」

京平勾著唇，哼道：「怎麼？在那種以腥羶色掛帥的傳媒挖不到寶，眼紅要來破壞我好事是吧？」

「就說你多想了，京平。」王道呵呵幾聲：「話說回來，你應該要感謝我才是啊。」

「我要感謝你什麼？」

「我做了你做不到的事。」

京平蹙著眉頭。

王道聳聳肩。「我戳破了她的天真無知。」

「她是天真了點，但並不是無知。」

「是──嗎？」王道拉長著聲調，鼻音更濃了：「你我都很清楚，編輯是一個在為他人做嫁衣裳的工作，想成為好作家的人不可能成為好編輯，反之亦然。啊，我想到一個比方了，剛剛沒說給小淑女聽真是太可惜了──就像自行車比賽，同樣都有騎車的才能，可是站在頒獎台上的永遠都是衝線手，而不是為主將開道的破風手──多好的比喻，作家就是衝線手，編輯正是破風手。請問你的作家到底想成為哪一個？」

「我倒覺得是你鑽牛角尖了，王道。」京平不屑地說：「你很清楚現在的市場無法養活全職作家，編輯是一個喜歡寫作和閱讀的人理所當然會選擇的職業，他們必須有一個穩定的工作來讓他們的寫作無後顧之憂，偶爾被工作干擾也是無可避──」

「哦哦哦──」王道竟然鼓起掌來。「以前的邵京平絕對、絕對不會說出這番將心比心的話──怎麼？你竟然開始幫你的作家找藉口？當她可能因為編輯和創作互相衝突而寫不出你期望的好作品時，你要這麼安慰她是嗎？昔日的『邵鐮刀』沒這麼善良好心，該下手的時候可一點也不手軟啊。」

「你看我不爽可以，」京平吊著眼，眼神就像他的鐮刀一樣鋒利：「可是我不准你對我的作家出手。」

王道舉起雙手，無辜地說：「天地良心，我沒出手喔。我對你寶貝的作家做了什麼了嗎？嗯？」

京平的拳頭握得緊緊的——無可反駁。確實，王道什麼都沒有做，他只是精準無比地挑起了一個也擁有作家夢的編輯藏在最深處、不可為外人道的心病，而那正是京平不敢告訴輕書的事實，因為他深信唯有如此才能保護她一路衝刺到終點。

「如果這位小淑女因為我這一句話動搖了，而溺愛她的天照之身無法替她解決問題，那她也不過是個庸俗之輩不是嗎？同樣的……」王道笑得開朗：「也證明了『邵鐮刀』是個失敗的編輯。」

京平一震——他和樹慈的做法都太自以為是了嗎？

王道站起身，對著一旁的玻璃整理了儀容，享受著俯瞰京平的特權。京平因為掛心輕書，也對自己的善意隱瞞產生質疑，一時動彈不得。

「我們當年在西川的勝負還沒分出來。」王道的笑帶著些許恨意，微微切齒地說：「你休想給我逃，邵京平。」

Chapter 4

是江郎才盡還是分身乏術？

多虧樹慈當自己的靠山，輕書穩住了腳跟，當天回到辦公室便剛柔並濟、威脅利誘地將堅持改稿的老師勸回了頭，然而老師將改稿留下的精力轉移到封面設計——這個不好、那個不好、右邊不要、左邊不要、整體色澤要再「文學」一點啊、要搭配我作品的格調啊、你們美編做的東西讓我感到噁心、你們懂不懂設計啊？——總之，讓老師與美編都罵過一輪後，他們又回到最原初的設計，終於改出讓老師住嘴、令美編息怒的封面。這就是助理編輯的人生啊。

不過，至少輕書闖關成功，新書順利排完發校，這週末她才可以平平安安地躺在樹慈懷裡，一邊和瞌睡蟲奮鬥、一邊讀著她最喜歡的小說家新作，而不是在美編的工作室打地鋪。

樹慈發現輕書的頭已經歪在他的肩膀上許久了，便想幫她收好書本、帶她上床睡覺。沒想到還是驚醒了輕書。

「咦咦咦？我、我的書還有眼鏡——」輕書像沒有安全感的嬰兒雙手亂抓。

「小輕，今天我們寫了一整天，該睡嘍。妳太累了……」

「不要不要……因為都在寫稿，都沒閱讀，我都要面目可憎啦，把書還我慈哥——」

樹慈最招架不住輕書的奶音，只好交換條件：「那要點眼藥水才能繼續看喔。」

「好喔——」

樹慈繼續當抱枕和書檔，陪著輕書閱讀她平常忙著工作與寫稿而沒時間讀完的小說。他並不累也不怕累，怕的只有打瞌睡的輕書扭傷脖子。

「唉唷，慈哥，好癢，不要捏我肩膀啦！」

「不行——小輕，肩膀放鬆，我怕妳落枕或以後得五十肩。」

「不會不會，我現在精神好多了喔！啊——」

「怎麼了？」

「慈哥——你看這段！」

「什麼？啊……嗯……」

「是吧是吧！有感覺了對嗎？快點！筆記本！給我！」

「小輕……嗯……妳好忙喔……嗯啊啊……好棒！小輕，快給哥哥，啊——」

又要睡覺、又要閱讀、還得隨時留意靈感、記下滿滿的筆記、更肩負著讓他領受如海濤般高潮的責任——樹慈好怕他的主人會過勞死。

這時，輕書的手機「釘鈴」一聲，有訊息透過CL3傳進來。正把高大的樹慈壓在沙發上「為所欲為」地記筆記的輕書一震，像看恐怖片鏡頭一樣瞪著手機，過了好久才敢抖著手去拿……

不料理該被她折騰得癱軟無力的樹慈依舊身手矯健，手一伸，就把手機關了。

「呀，慈哥！讓我看一下吧，或許是急事啊。」

「是急事妳現在也處理不了。來，專心。」樹慈與她十指緊扣，遞給她一個魅惑的微笑。「快點對哥哥胡作非為啊，嗯？」

最後輕書又寫了十數頁滿滿的筆記，有文句的改動、有後續劇情的新發展、也有可以讓前面的感情更深化的梗……總之都是能讓輕書的作品更好的點子與素材。

「太棒了，收穫多多，明天 key 到電腦吧。」

「好，等等……」樹慈一邊蹭著輕書的頭髮，一邊替她拿來立可帶：「寫錯字嘍。」

「哪裡？」

「這裡。」替她塗掉。

「慈哥真是完美主義。」

「因為是我們的孩子嘛。」樹慈親吻輕書的柔髮。「我們睡了好嗎？明天再起床努力拚五千字，嗯？」

「好啦……」輕書揉揉眼睛。好像真的不行了呢。

樹慈將輕書抱進臥房，調整好空調、濕度、風扇，再替她蓋好薄被。

「慈哥……」輕書拉住他的衣角。「幫我放 CD。」

「好啊，哪一片。」

「我小時候最喜歡跟你一起聽的專輯，FLY BIRD 的『Your mark』。」

「那片啊……」樹慈也泛起懷念的微笑。「真的很棒呢，以前小輕只要聽到 FLY BIRD 沙啞的嗓音，就可以幻想出一部故事的所有劇情。」

「嗯嗯是啊，而且還在腦海中自製成動畫或 MV 喔。」

沙啞的男低音從音響流轉出來後，樹慈回到輕書的身邊，一如往常枕在她身邊看顧她入睡，兩人也就一搭一唱聊起往事。

「如果是聽到節奏激烈的曲目，小輕輕而易舉就把武戲都排練好了。」

「對、對，而且一定要有爆破場面才帥。」

「遇到悲傷的情歌的話，小輕的腦海也很精采，非常適合淒美的愛情故事。」

「是耶，我記得我最常幻想的場景是女主角捅了深愛她的男主角一刀，掉頭就跑掉，男主角身負重傷還要狂追她，超振奮我的。」

「呃，其實我覺得那幕有點太 over 了。」

「啊！這首這首！慈哥你聽！」

「嗯？」

「那是我幫第一部正式完稿的作品自訂的主題曲啊！」

「哥哥記得。」樹慈笑得更深，不只是因為回憶，還因為輕書光亮亮的幸福表情。兩人一起唱了最經典的副歌，但輕書的歌喉實在不怎麼樣，最後結束在她走音的大爆笑中。樹慈始終寵溺地凝望著她。

播到慢歌的時候，輕書安靜了下來，怔怔地看著被小夜燈兜得昏黃的天花。

「小輕？」樹慈摸她的臉。「怎麼了？」

「慈哥啊，我……其實我沒有跟京平說。」她頓了一下，看著樹慈：「甚至也沒跟慈哥說過……」

「什麼事？」

輕書的眼瞠得大大的，有點恐懼：「我……江郎才盡了嗎？」

樹慈皺眉。「不准胡說，沒有的事。」

「為什麼以前只要聽 FLY BIRD 的歌，各式各樣的靈感都會湧現，故事也像 DVD 的自動撥放功能從頭跑到尾，一點 lag 都不會有。可是現在卻完全沒辦法了？」

樹慈說得很認真：「那是因為小輕的思慮變得周延，不只是希望把作品寫完，還企圖把作品寫到好。我不覺得這是江郎才盡。」

輕書苦笑了一下。

「妳以為哥哥在敷衍妳嗎？」輕書捧著她的小臉，俊臉逼近她：「小輕以前想飛，想到任何地方，哥哥都會扛著妳飛——」

輕書打斷他：「那我們現在不能這樣飛了嗎？」

「不能。」

「為什麼？」

樹慈垂下長長的眼瞼，深情地說：「因為妳變重了。」

「亂說啦！」輕書捶他的胸膛。

樹慈笑了一聲，笑中卻有著不捨，他握住她捶他胸口的手，吻著：「更因為妳長大了。」

輕書一愣。

「哥哥沒辦法再把妳扛在肩上飛了，妳開始靠自己的力量飛。正因為是妳自己在飛，所以妳很清楚所有飛行的過程和感受，包括順利或不順利，偏偏不順利的感覺往往會蓋過順利帶來的成就感和快樂，或許就因為這樣，小輕才會覺得自己江郎才盡……」

「是嗎？可是我好多時候都覺得自己快要喘不過氣了……」

「妳都忘了回頭。」

「什麼？」

「看看自己飛得多遠，甚至比哥哥帶妳飛得更遠。」

輕書的眼神恍然大悟。

樹慈的拇指溫柔地摩娑著輕書的耳鬢。「妳值得為自己驕傲，小輕。」

輕書的眼眶紅了。

「……我真的可以，驕傲嗎？」

「當然。」

「我……」

輕書忽然緊緊地抓著樹慈的背，用力地埋進他的胸膛。

樹慈一愣，他發覺輕書在發抖。

「小輕，怎麼了？不舒服嗎？抬頭，讓哥哥看看好嗎？小輕？」

輕書搖搖頭，悶著聲音說：「既然我可以為我的作品全力以赴，甚至到了快要斷氣的地步，我為什麼不能為那位老師拚命呢？」

這話出口得讓樹慈有些震驚。

「慈哥，我是不是……不夠盡力呢？或許南槁老師說得對，如果再修一次稿，老師的作品可能就會完全不一樣，我告訴他的那些理由都是藉口，只是我想要偷懶的藉口，因為我知道我讓步的話我就不能趕在八點回到家寫稿了……」

「小輕……」

樹慈試著打斷輕書，但輕書像是中了邪咒一樣，一直說、一直說……

「還有那個設計真的有切中要點嗎？真的像美編說的那樣，是因為老師很難溝通嗎？會不會是我們抓不到老師文字中的精髓呢？是抓不到？還是我不願意去體會？只因為我不想要讓慈哥去看我之外的人？我相信如果慈哥來幫忙，我和美編一定可以做出最完美貼切的設計，因為我有慈哥啊——可是我就是不想，不想把慈哥浪費在工作上……」

「小輕，抬頭，看哥哥，來，看哥哥一眼——別說了……」

輕書乾脆箍住樹慈，讓他動彈不得。

「我雖然一直在訏譙老師，不過如果今天我是他……」輕書的聲音彷彿離樹慈越來越遠了。「我是不是也會覺得這個叫唐輕書的編輯做得不夠好、一點都不盡責呢？」

樹慈想到了那個叫王道的傢伙，火氣衝腦，腰桿施力一轉——輕書忽然感到天旋地轉，再張眼一看，她和樹慈的位置上下顛倒了，她更被孔雀明王尊的天照化身深深禁錮在那副赤裸炙熱的身下。

「唔啊！」雖然眼眶還泛著淚，但輕書終於清醒了。

「不要再說了，小輕。」孔雀明王尊弧度優美的眼睛威脅性地半張，臉不斷朝輕書的小嘴靠近：「再說下去，哥哥不知道會對妳做出什麼事喔？」

「哇啊啊！就說我們不是十八禁的關係了嘛！」輕書奮力掙扎，終於掙脫出手來摀住明王那熱情的唇。

「要不要冷靜？」

「冷靜了、冷靜了！」

「還要不要自暴自棄？」

「不要了、不要了！真的好熱喔慈哥，不要再靠近啦！」

孔雀明王尊牽了牽嘴角，輕書的手上立馬蹦開了一垂又一垂像太陽一樣耀眼的黃花藤。輕書癡癡地看了許久手上豔黃的捧花，明白這是樹慈想要安慰她的話語和鼓勵，有點愧疚自己剛剛失控的表現：

「對、對不起，慈哥，我應該要堅強一點……」

樹慈輕輕地擁起輕書，替她吻去了眼角的眼淚。「小輕要記得一件事。」

「什麼事？」

「妳需要哥哥時，我永遠都在，不論妳需要我做什麼事。」

「寫文案？」

「可以。」

「想設計？」

「當然。」

「讀那些完全看不懂的詩？」

「盡力而為。」

「可、可是這樣很浪費——」

樹慈用食指抵住了輕書的唇。「只要完成工作，我們不就可以趕快回家溫存嗎？什麼浪費不浪費的，小輕別再說那種見外的話了。」

「好啦，不說了……」

「小輕一定可以變成一個以文學為志業的編輯人，相信自己在大學的時候許下的願望。」

「好……」輕書揉了揉眼。

「睡吧。不過找周公報到前……」樹慈小心翼翼地將輕書放回枕頭上，拍哄著她：「先跟哥哥說明天早餐要吃什麼。嗯？」

「早餐啊……」因為手上的花香、樹慈節奏柔和的拍撫、還有對翌日早餐的美好想像，輕書有點睡意了。「我要芝麻燒餅加鮪魚沙拉……還有蛋黃濃濃的糖心蛋喔……」

「嗯，沒問題。那小輕等會兒睡了，想夢到什麼呢？」

「我想……我想……」輕書的眼睛慢慢地闔上了，只剩下呢喃的夢囈：「我想再設計一座迷宮，我要讓洛索再長大、再變強，不要像我，動不動就手忙腳亂……希望，我可以在夢中……遇到……迷宮。」

「妳會的。」樹慈親著輕書的額頭，彷彿將她想要的夢植入她的腦中。「晚安，小輕。」

「晚安，慈哥……」

臥房裡只剩下輕書熟睡打呼嚕、還有空調與風扇運轉的聲音。

樹慈靜靜地望著她好一會兒，然後閉上了眼。

再睜眼時，八臂已圍繞在四周，為輕書護身。輕書的身形在軍荼利明王的守護下就像隻小巧的雛鳥，可見這尊化身的雄偉巨大。

樹慈先利用下四手，輕悄悄地捧起躺著輕書的枕頭，再用上四手不動聲色地掀開了與床頭櫃連結的床縫處。即使燈光晦暗，樹慈仍將暗縫處的威脅看得一清二楚。

那裡聚集著一團團糾結如毛球的蜈蚣，以及像乾掉的枯枝般醜惡的大蝗蟲。數量之多，連樹慈也微微一震。

他竟然放任這些惡蟲在輕書的枕下棲息這麼久？他大概了解為何剛剛輕書一反她平常的樂觀正向，忽然變得低落消沉。

好作家，好編輯……妳想要做哪一個呢？

自從那個叫王道的人出現、問了那句話之後，樹慈便感覺到有什麼東西在輕書的心中裂開了。或許這些惡蟲一直都存在著，但如今輕書卻失去可以抵擋他們的屏障。他更想起輕書曾經跟他提過，她覺得最近要下潛到洛索兄妹的空間變得困難窒礙——會不會正是這些惡蟲在暗中阻撓刁難？

樹慈很快鎮定下來，利用四手的握力引發輕微的震盪，將這些惡蟲慢慢地震回縫中，不讓它們肆意擴散；當它們妄想群湧而出時，金剛夜叉尊緊接著出場，利用五目將它們強制壓回縫中，它們越是掙扎，死傷越是慘重；最後孔雀明王尊再現，用蓬發的樹藤緊密地縫合了這道裂口，床頭櫃回復了該有的整潔與寧靜。

至於輕書睡得像小豬一樣熟，甚至笑了幾聲，大概是夢到了她心目中完美的迷宮藍圖，讓洛索徹底迷路了吧。

如果樹慈不及時驅逐這些惡蟲，輕書當晚夢到的，或許就是一本明明校對了五次、卻因為美編沒存到勘誤檔便拿去送印的書。

樹慈因此更加堅信，下回若再讓他遇到這批惡蟲，他只能殲滅它們，而不是與它們隔牆共存。

Chapter 5

沒入圍血汗行業的編輯應該死不了人？

當輕書氣餒地趴在辦公桌上，幾乎快氣出眼淚時，樹慈握住她的小手，給了她一個允諾：「這個週末，我們不寫稿，哥哥帶妳去風島玩，所以……小輕再忍耐一下，撐過去好嗎？哥哥回去做起士泡麵給妳當宵夜，嗯？」

「……起士泡麵嗎？」

「對。」

「我要加五片起士喔，不二價。」

「嗯，不二價，一言為定。」

「好……」

輕書坐直身子，抹了抹紅腫的眼睛，戴上眼鏡，繼續在深夜十點的辦公室加班趕三校。

樹慈有說不出的心疼。平常這個時間點，他的輕書應該已經洗好熱呼呼的熱水澡，在書房對他「予取予求」了，而且為了顧及她的健康，她該吃的宵夜應該是五色均衡的水果拼盤，而不是熱量爆表的起士泡麵。但為了激勵士氣，樹慈不得不讓步，讓她開價到五片起士。

本週的輕書同樣不好過。那位南槁老師的作品雖然已經正式發排、發校，但輕書萬萬沒想到老師還藏了一手——他直接在紙本校的階段大改稿！當輕書拿到改得滿江紅的作者校時幾乎要噴淚了。

輕書忍著淚寫信給老師，客氣地詢問他是否有什麼考量，需要這樣大改稿。

老師回的信笑裡藏針：「聽說唐小姐也有寫作經驗，妳應該要對我們的心情更感同身受才是。如果妳無法了解，代表妳也只是一個得過且過的『寫手』罷了，和我們這種追求極致完美的『藝術家』不可同日而語。」

輕書無法反駁。同為寫作者，她明白那種想要讓作品更完美的心情，可是她想要把這種精力留給自己，而不是這種陰晴不定的作者、還有她完全看不懂也不喜歡、說不出到底是小說還是散文或新詩的私我呢喃。

輕書，好的東西當然要為自己留著啊，人本來就是自私的，不必羞於承認。

自私沒關係，可是人不能貪心啊。

她一震，又想起了王道的話，呼吸急促。於是為了證明自己不是自私的人、也不是成就搬不上檯面的「寫手」，她向老師妥協了，讓這份血淋淋的校稿送到美編手裡——這種改稿方式自然讓美編大人氣到大翻桌，在已經瀕臨臨界點的設計預算上又加開了「改稿費」，否則堅決罷工到底。輕書再一次妥協了，然後這次輪到總編輯發飆，輕書又落得了「沒有在各階段盡責把關」的罪名，差點被記申誡扣薪。

即使如此，輕書並沒有停滯自己的創作事業。

一有靈感，便抱著筆記本、拉著樹慈衝進女生廁所「解決」，同時連載照開、留言照回、稿子照寫——雖然做這些事情的時間點不是越來越晚、就是越來越早。

這是樹慈感到欣慰，卻也感到憂心的地方。

輕書的精神越來越差，每次從廁所回來不久，就會被叫進總編輯的辦公室。

「下週要去文化局開會的東西還沒準備好?妳在混啊?」

「妳寫的這是什麼東西?」

「妳在發什麼呆小姐?」

「妳到底有沒有用心?」

「妳真的有大學畢業嗎？」

「妳老師教到妳這種學生真是可恥！」

「再這樣下去我就開除妳！」

——叭啦叭啦叭啦地轟炸。

樹慈壓抑著怒氣，想幫輕書解決問題，但每次都和輕書展開搶文件大戰。

「走開啦慈哥，我才不要讓你在這種地方勉強高潮哩！」她搗著滿桌文件，笑嘻嘻地說：「我只是殺雞而已，幹嘛用牛刀？」

樹慈很擔心她被開除，她倒是歪歪嘴巴：「放心啦，再開除，彩樂就沒有廉價勞工可以用了。哼哼。」

樹慈還告訴她，她每次被這樣汙辱，他心疼得都快死掉了。

輕書還是一臉樂觀：「得到這麼棒的靈感，就算被痛罵，也沒關係啦。」

但是她的黑眼圈和她容易露餡的低落情緒一樣，越來越明顯了。

一心太多用。

她身兼衝線手和破風手，當關鍵時刻來臨，她到底該衝線還是該破風？

樹慈默默地望著連衣服都懶得換、一下班就躺在自己胸膛上睡著的輕書，不自覺也迷失了方向。

不過，既然編輯還上不了全國血汗行業的前十名，代表這點困境尚且死不了人，咬牙忍一忍，倒也勉強迎來了風和日麗的可愛週末。

樹慈彎腰，在玄關為輕書仔細地綁好鞋帶。

剛睡醒的輕書打著哈欠：「慈哥……我自己來吧。」

樹慈笑得寵溺。「沒關係，終於可以和小輕約會了，不准妳擅自剝奪哥哥親近妳的權利。啊，水壺和便當帶了嗎？」

「又不是小學生郊遊踏青……」

輕書在路上吞了樹慈為她特製的花生奶油烤培根吐司和一杯熱咖啡牛奶後，總算有了外出遊玩的精神與興致。他們搭上捷運，來到與萬畝市隔著海灣遙遙相望的風島。

風島近期發展成為觀光旅遊購物勝地，半島上不但有風島購物中心，更佇立著著名的摩天輪地標「風島之眼」，可讓遊客在頂端一窺壯闊海景與雄偉的跨海大橋。最近還有一處文創園區正式開放民眾參觀，此園區改建自百年前古早時代的菸草工廠，若從空中俯瞰，會發現它是由多個「日」字型的建築體所構成的建築群，雖然建材僅僅是樸素的灰泥與素色的面磚，但不論在牆面、天花、門窗、廊柱、地磚都呈現出細緻的做工，且十分強調水平視線的和諧與對稱，加上日字型的構造產生了許多條整齊劃一、綿延不絕、環繞不斷的迴廊，讓人宛如身處在不斷重複與重疊的萬花鏡中，一不小心恐怕還會迷失方向、跨不出門檻。

輕書瞠著好奇又興奮的大眼，激動地撫摸著用檜木打造的大型格子玻璃窗的窗台。

「慈、慈哥……」

「嗯？」樹慈溫柔地垂眸，看著她紅得像蘋果的小臉。

「這、這裡跟我夢裡看到的場景一模一樣耶！」

「是嗎？太好了。」他當然知道，因為她的夢就是他的夢。他輕推她。「那帶哥哥走一走，好嗎？」

「嗯！」輕書抽出手機和筆記本，開始狂拍狂寫，一邊碎碎唸：「好讚好讚！我都要昏頭了——啊啊，不對，這些窗戶造型太現代主義了，應該要改成中國風格的雕花窗，這樣比較符合洛索他們的時代才是……喔齁齁齁齁齁！太棒啦——」

樹慈放任她在這座迷宮自由闖盪，只有在她差點踩空台階或絆到門檻時才一手扛起迷迷醉醉的她。平時他會忍不住唸她幾句或沒收她的筆記本、手機，可是唯獨今天他不願束縛她，只想讓她開開心心地享受著靈感帶給她的滋潤與眷顧。

已經被工作禁錮一週的輕書，值得如此對待。

「慈哥！」輕書在前方向他揮手：「我可以放洛索、洛螢他們出來嗎？」

「嗯……可以是可以，可是有人來的時候要收斂一下喔。」免得外人以為她在自言自語。

「好——」輕書剛好經過一扇門，摺頁簡介上說明這是當年的出納組辦公室。門一旋開，洛索、洛螢就從裡頭走了出來。

「洛螢、洛螢，妳來看——」輕書牽著洛螢蹦蹦跳跳地介紹起來：「妳喜歡這裡嗎？」

「這個迴廊好棒啊。」洛螢讚嘆著。「不過我沒看過這種琉璃窗耶。」

「沒事沒事——」輕書用筆輕輕朝窗台一點，整片玻璃窗瞬間蛻變成雕著盛開牡丹花的雕花窗櫺。

「妳看，這樣是不是好多了？」

「是耶，好漂亮喔。」

「這個地磚呢，我也想改成螭龍紋，妳哥變強的密技就藏在這些地磚紋路裡，妳覺得如何？妳看……」輕書轉開水壺，倒了一點水在地上，細細的水流蔓延過整條迴廊地磚，地磚上浮出了一大片螭龍紋地磚，紋路中更藏著神祕的文字，每一片都有奧秘在其中。

「好古老的感覺。」洛螢珍惜地撫摸著，笑盈盈地說：「我喜歡喔，小輕姊。」

「是吧是吧！那我們繼續看——」輕書拉著洛螢鑽過一座拱門，腳一踏上門檻，原本無門的拱門立馬生出了一片柵欄型的鑄鐵門，由上而下滑落，牢固地密合著。

「這樣可以防止怪獸入侵喔。」

「真的耶。」

「小輕，」樹慈忍不住提醒她。「妳把我們關住了喔。」

「啊，對不起、對不起……」輕書搖了搖鐵門。「可是慈哥，我打不開耶。」

洛索翻白眼。「傻瓜。」

樹慈苦笑，手憑空一挑，鑄鐵門順利地往上捲收。

「不愧是慈哥！」輕書哈哈大笑，又拉著洛螢往另一條迴廊圍成的中庭院落跑去。「洛螢洛螢，這裡的中庭草皮我想要蓄一座很深的水池，很藍、很清澈、就像藍寶石的色澤一樣，妳覺得如何？啊，可是不可以隨便跳進去喔，那是通往冥界的幽靈之池——」

「那一定很漂亮——啊，小輕姊，那是什麼？好巨大。」

洛螢吃驚地指著天井外頭。輕書探身一望，解釋道：「那是『風島之眼』。」

原來這個角度可以看到佇立在島端的摩天輪。

「好美的名字啊。」

「嗯嗯，那是摩天輪喔。」

「什麼是摩天輪啊？可以滾嗎？」

「等一下帶你們坐就知道啦。說不定我們又會在上面想到什麼好點子了。」

「好啊好啊，好期待唷。」

「走走走，還有這裡——」

洛索一臉慵懶地看著像兩顆小蹦豆的女孩，邊問樹慈：「你今天很正常嘛？」

樹慈依然津津有味地望著輕書的身影，問得漫不經心：「什麼意思？」

「她在發瘋，你竟然沒有跟著發情。」

「因為小輕在興建建築物，硬體我比較能控制自己。啊！小心頭小輕！不要撞到喔！」

「……是嗎？」洛索想了想，問：「那傢伙最近好嗎？」

「怎麼這麼問？」樹慈的眼睛仍不斷追著輕書，就怕她莽莽撞撞滾到中庭的草洞裡。

「她狀況不太好吧？」洛索說：「我昨天還替她殺了一隻蟲。」

樹慈一愣。「蟲？」

「一隻站起來和她一樣高的蜈蚣。我很清楚那不是她想的設定，也不是我那個世界的怪物。」

「在哪裡？」樹慈瞪著洛索。

「在兩百六十一頁第三個段落那裡。」洛索臉色難看地說：「那時候洛螢正在看圖譜，要幫我打造新面具，可是她的雕刀被一個混蛋奪走了。你沒發現嗎？」那個混蛋可能以後會成為他妹夫，讓他隨時想起都恨得牙癢癢的。

樹慈沉默著。

不可能……孔雀明王尊應該已經把裂縫縫合了才對……

樹慈正要再深問下去，洛螢把她哥哥叫走了：「哥哥，你來看——」

「慈哥！你在幹嘛呀？你走好慢喔！快點來呀！」輕書也在催。

樹慈醒了神，揚聲回應：「好，哥哥來了——」

就在這時，樹慈渾身一陣冷寒，就在他轉頭的瞬間，一隻巨大的黑色蜈蚣破窗而出，頭部那對尖顎宛如飛箭，筆直射向樹慈的脖子——

一切太過突然，樹慈來不及化為明王護身，只能直覺地抬起手臂，擋下這擊致命的喫咬。

當樹慈回神時，他完全不明白方才發生了什麼事，待他定睛一看，被他殺死的蜈蚣已碎成炭灰撒落一地，而他的手臂上被咬了兩個小洞——

小洞裡沒有血，卻有黑色的毒液濃濃地流出。

樹慈忍著痛，看了一眼和洛索、洛螢討論得興高彩烈的輕書。

他已經好久沒有看到輕書那麼快樂的樣子了。

誰也不准奪走她的快樂，就連自己也是。

於是樹慈拿出他幫輕書準備的手帕，在傷口上纏了一圈，便趕緊跟上輕書一行人。

可是不知為何，他離輕書他們始終遙遠，無論他怎麼加快腳步，都靠近不了輕書。他的視線甚至開始模糊晃動，刺眼的白光不斷從四周滲入。

「小輕……等一下哥哥……」他冒著冷汗，虛弱地喊：「妳走太快了……小輕……等一下啊……」

啊，他看到輕書他們在下一個轉角轉彎了，他得跟上才行——

然而樹慈不知道的是，蜈蚣的毒液在他的雙眼上生出了一層白膜，蒙住了他守護輕書的目光，而輕書一行人依舊走在直廊上，從來沒有轉彎。

樹慈就這麼與輕書走散了。

Chapter 6

蜈蚣先生，請問你想提醒的是什麼？

輕書愣了一下，回頭，迴廊上一片空蕩蕩。

「咦？慈哥？」她喚道：「慈哥？慈哥——」

她跑回上一個轉角處，然而那處廊道一樣空無一人，甚至連半個遊客也沒有。這裡是古蹟老建築，日光一旦偏斜，陰風、黑影與霉味便悄悄地滲了進來。加上廊道又深又長，一抹不經意的樹影在遙遠的彼端搖晃了一下，遠遠望去竟也像一個走動的鬼影令人毛骨悚然。

明明是仲夏天，輕書卻覺得有些寒涼。她決定跑回去找洛索、洛螢他們，請他們一起幫忙找樹慈。

「洛索、洛螢——慈哥不見了，你們也幫忙找一下好嗎——咦？」

輕書認為自己走的方向應該沒錯才對，可是她折回去時，洛索、洛螢兄妹也已不在方才那條廊道了。

「不可能啊，我沒有轉錯方向……」但她也沒有十足把握，因為菸廠裡的每條廊道都長得一模一樣，說不定自己在不知不覺中已經被這種不斷重複的感覺弄得眼花撩亂。她彷彿身在沒有重力的太空，何方是天、何方是地，完全迷失，只能不斷旋繞、旋繞、旋繞……

這種失去定點的恐懼讓輕書驚慌。她貼在玻璃窗上，想看清房間的輪廓——這些昔日為廠房的房間被文創園區善加利用，改建為各種藝文活動的舞台與展場，輕書想說不定可以找到工作人員或零散遊客，至少也可以找到展覽場上最常見的指標牌，找到任何可以為她定位的可能。

然而一片漆黑的室內，似乎只看得到一座座用白布披著的桌椅或架子。

她不放棄，一間一間地找下去，總算找到一間裡頭是亮著燈的房間，不過因為玻璃是霧面的，只隱約看到有人影在裡頭走動。

輕書鬆口氣，趕緊打開門——

「不好意思，請問一下，出口要——咦？」

這間漆了白牆的房間什麼也沒有，只在房中央擺了一張靠背椅，椅子上坐了一名面色慘白的男子，一看到輕書，馬上比了噤聲的手勢，要她保持安靜。

「啊，真是抱歉，我走錯了。」輕書轉身要退出房間，卻再度對上一張白臉，那位白臉人抵住了門，不讓輕書出去。輕書感覺得出他們並沒有惡意，只是不希望她的動作製造出任何噪音。

至於他們的面色為何如此慘白，是因為這間房間沒有色彩的存在，就像黑白默劇片一樣，是用灰色的深淺勾勒出空間輪廓的。

兩個男人從頭到尾沒有做什麼，一個只是坐著，一個只是守門，安安靜靜地任憑窗外的光影走過他們的眼前。

輕書就這麼陪他們坐去了半小時……

後來，她恍然大悟——好眼熟的一幕場景！

南槁老師的自傳體小說中就有這一段劇情——兩個男人在空無一物的室內靜靜地坐著，回想他們逝去的青春年華，既觀看窗外光影的流動變化，也凝視自己肉身的凋零，然後以二十多頁的篇幅寫出了「生命易逝」的感慨，並辯證了佛陀當年悟道的奧義或希臘諸神的情慾人性到底是什麼云云。據作家本人的說法，這是他寫得最自得意滿的段落，認定這部小說出版後一定可以搏得佳評、永傳後世，再不濟至少日後也會節錄在學校課本裡。

可是輕書只記得自己三校到這裡的時候，忍不住打了瞌睡，紅筆以對角直線的方式在紙本上畫出了一條大斜線。她灌了兩杯濃縮咖啡，才撐著額頭勉強把這二十多頁看完。她相信這本書出版後，大概只有作家本人才看得懂。

她不明白，她為什麼要來這裡？這一幕出了什麼問題嗎？

忽然，她的眼角看到腳下有一條黑線在蠕動。她瞥了一下，尖叫——

蜈蚣！

兩個男人歇斯底里地比著「安靜」的手勢，輕書不想再管他們了，推開守門的男人，逃出了這間像默劇一般無趣的房間——

「彩樂出版社的代表嗎？」

朝輕書迎面扔來的是一句質問。

「呃？我是。」

「簡報兩點開始，妳遲到半小時了。」來人是一名文化局科員，她用晚娘表情推了推眼鏡。「跟我來。報告都帶了嗎？」

輕書冷汗直冒。「什、什麼報告？」

科員不可置信地瞪她。「今天是期中審查報告啊。妳可別說你們還沒完成報告，根據合約，這要扣違約金的，違約金以一日計，每日是總價金的百分之五趴，扣完價金為止，然後直接解約，從此以後你們彩樂就是我們文化局的拒絕往來戶，我們不會再委託你們做任何出版案嘰哩呱啦嘰哩呱啦嘰哩呱啦……」

「有有有有——」輕書趕緊阻止她。「我不是上個禮拜就寄出報告了嗎？一式十份，我還打電話和您確認有沒有收到，您說您收到了，而且直接寄給審查委員評審了啊。」

「啊，對喔。」科員瞪她：「妳不會早說喔。到了，進去，妳讓老師等太久了。」

輕書被推進去後，一本厚厚的報告往她的臉上砸來。她無辜地揉揉額頭上的印子，看著一桌子忿忿不滿和唉聲嘆氣的評審委員，還有剛剛朝她扔報告書的科長：「你們彩樂在搞什麼東西？交出這種程度的玩意兒，本次會議不通過，回去給我重做！」

「什、什麼？」輕書趕忙解釋：「可是科長，我們完全遵照你們的需求辦理啊。我們去請了旅遊作家來改稿的……」

「大小姐，眼睛看清楚，我們什麼時候要你們改稿了，我們要的是寫一本新書！你們是怎麼跟我們溝通的啊？妳到底有沒有盡力？啊？」科長怒不可遏，又往桌上摔一次報告書。

輕書幾乎要昏倒了——明明上次都談好的，文化局想要出版一本以文學筆法歌詠他們市政成績的專書，並以原有的市政報告書為原型來改稿。大概是這次的會議有評審反對這種做法，因此文化局決定過河拆橋，把所有過錯都賴在廠商上。

輕書正想著該如何提出證據時，卻看到又有蜈蚣從報告書中鑽出來。她再度尖叫奔逃——

「輕書、輕書，印務來電喔，一線電話。」

還沒喘足氣，輕書就已坐回她的辦公桌，她看到電話的一線鈕正在閃著光。她趕緊接起電話。

「喂，妳有沒有認真看打樣啊？妳其中一台前後頁大顛倒啊，妳沒發現這個錯誤嗎？現在這一台要重新製版、重新印刷，要怎麼跟總編解釋？妳自己想辦法啦！真是的，妳到底有沒有用心啊——」

輕書的手一鬆，話筒掉在地上。

然後，一條條的蜈蚣從話筒、抽屜、文件夾、電腦螢幕、還有前來關心她的同事們的七竅裡鑽出來……

「不、不要……不要過來……」輕書推著電腦椅不斷往後退。「我不是故意的，我、我有用心，我很努力要當好編輯，我絕對沒有在我上班時候一直想著洛索他們，相信我，我真的沒有啊……」

眼看那些蜈蚣就要用那恐怖至極的百足爬上她的腳，輕書聽到了一個聲音：「妳能把其他人的作品當成自己的作品嗎？」

輕書一震。

「好作家、好編輯……」那聲音繼續說：「只能讓妳選一個喔，輕書。」

輕書害怕地流下了眼淚，卻也在那瞬間，懂了王道那天說的意思了……

幾乎是用贖罪自殘的心情，準備放任成群蜈蚣爬上自己的身體時，輕書身後的牆壁卻驟然爆破——

輕書抱著頭、整個人縮在電腦椅上，她以為自己會被埋在瓦礫碎片中，可她張開眼看到的第一個東西，竟是軍荼利明王那雄偉的七臂！

「慈、慈哥？」輕書馬上注意到缺少的那一臂，她哭了出來。「你、你的手……」

樹慈之所以能化為軍荼利明王趕來，便是因為他自殘了被蜈蚣咬傷的一臂，才沒有繼續任毒液侵蝕下去。此刻的他，十分清醒，也十分憤怒，但一切都在他的壓抑與控制中。

「別怕，小輕。」他慢慢地摀住輕書的眼睛。「放輕鬆，深呼吸。」

「嗯……」輕書知道現在不是哭的時候，努力地忍住哭聲，可是她不斷流下來的眼淚還是灼傷了軍荼利明王的手。

樹慈更無法原諒這片蜈蚣之海。

「抓緊我，小輕。」

軍荼利明王以兩手將輕書護進了懷裡，接著伏下身，五手貼地，宛如相撲力士正在積蓄著要將敵手撲倒的衝勁。

他這番動作似乎激怒了蜈蚣，成千上萬的蜈蚣百足一旦同時躁動起來，竟讓人誤以為整個空間都將被這些昆蟲撕碎與顛覆。軍荼利明王深知被蜈蚣傾覆的後果，因此他早它們一步，發動了五臂握力——

整棟辦公大樓瞬間被夷為平地。

「呀啊？」經過一陣痙攣，輕書張開了眼睛，滿身是汗。

「沒事了，小輕，聽得到我嗎？小輕？」

她循著聲音望去，看到了樹慈憂心至極的表情，還有他背後充滿人氣的現實世界。樹慈的臉色蒼白，但為她擦汗的手勢如此急切，彷彿是他此刻人生最重要的事。

可是輕書卻像是想起什麼恐怖的事，竟慌張地甩開了樹慈的手，連忙從他身上爬起來。

「小輕？」樹慈十分驚愕。「怎麼了？是哥哥啊。沒事了，妳不要害怕，嗯？」

輕書知道他是樹慈，然而就因為意識到他是樹慈、是她的天照，她才要躲避。因為她總覺得……總覺得有什麼不妙的事情，會在她沉溺在樹慈的溫柔與熱情的時候發生。

但到底是什麼事呢？她竟想不起來，好像很多記憶都隨著方才那場崩塌而毀滅。

「小輕……」樹慈終於忍不住，用受傷的眼神癡癡地望著她。

輕書看著樹慈手臂上的一片瘀青，想起剛剛軍荼利明王趕來救她時、斷去的那截手臂。她雖然不知道那是樹慈為了讓自己保持清醒、不再受毒液支使而做出的自殘，但她很清楚那一定是為了保護她而受的傷。

而她竟然甩開這雙手……

「對不起，慈哥。」她很愧疚。

樹慈站起身，慢慢地靠近她。

「為什麼要說對不起？」

輕書搖搖頭。不知道……她只知道為了很多事，包括自己一點也不堅強。

樹慈捧起了輕書的臉，笑盈盈地看著她。

「午餐，吃沙朗牛排，好不好？」

「咦？可是慈哥有做便當啊？」

「沒關係，犒賞一下自己。」樹慈牽起輕書的手。「對了，飯後甜點是抹茶冰淇淋，風島的排隊名店，如何？」

「哦哦哦……」精神有振奮到了。

「走吧。」

「啊，對了，洛索、洛螢他們呢？」

「我把他們送回去了，洛索有留話給妳喔。」

「什麼話？」

「他喜歡這座迷宮。」

「哈，真的嗎？太好了。」

「是啊。太好了。」

輕書就這麼被樹慈牽著，走出了惶惶不安。

Chapter 7

不要被烏煙瘴氣的週一辦公室毒殺了！

天光還沒亮透，輕書便醒了。她並沒有睡好，頭殼隱隱作痛，可是一想到今天是萬惡的週一，她就無法再闔眼了。她看了一眼身旁的樹慈，他還沒從昨日的緊繃中走出來，好像深怕又有什麼怪物要把她奪走，臂彎將她箍得好緊。

輕書看著他瘀青漸消的手臂，還有始終握著她的大手。

好想、好想趕快把昨天設計好的迷宮寫進稿子裡啊……她想。

此時，還在睡夢中的樹慈低吟了一聲，喘著淫靡的氣息，眉頭因為興奮與壓抑而微蹙著。那眉頭的皺痕看在女性的眼裡，真是可口啊……

輕書正要伸手去摸，卻緊急踩了煞車。

不行！今天是星期一，好多事要處理，今天不可以……而且有一件事非得趕快確認才行，問題是，她竟然想不起來到底是什麼事。

她輕輕地將樹慈的臂彎挪開。要是平時，這點動靜早就驚醒了樹慈，但或許因為昨天受了傷，他的身體正在復原中，花了不少精力，到現在還睡得昏昏沉沉的。

不過他握著輕書的手依舊緊緊的，輕書怎麼扳都扳不開，又不敢太用力，怕吵醒樹慈，吵醒他後可不是單純的握手就能解決了。

她感覺到昨晚醞釀的靈感仍然在湧動，可是她拒絕栽下去。

她很明白，和創作的無中生有比起來，編輯遇到的難關對於樹慈根本不成問題，但一想到要和別人分享樹慈，她就嫉妒到發瘋，因為她再清楚不過，比起為他人作嫁衣裳，她更想要將樹慈的全部奉獻給自己的創作。然而一旦跌進去，她絕對不甘願回去面對現實。

唯一的辦法就是——隔絕樹慈。

她用力扳開了樹慈的大手。

「唔，小輕……」樹慈睜開了眼睛，看到輕書已經換好上班的衣服了。他微驚。「我睡超過了嗎？

糟糕，哥哥還沒給妳做早餐……」

「沒關係，慈哥。我在早餐店吃烤火腿蛋就好。」輕書背對著樹慈梳頭髮。「我今天想早點進公司。」

「可是……」樹慈一愣。「昨天我們不是在風島的超市買了好棒的乳酪，妳昨晚很期待乳酪煎麵包的不是嗎？」

唔，不愧是慈哥，一戳就戳到她的癢處。

「還有……今天早上不寫一點嗎？昨晚的那個轉折點很理想，應該趕快寫下來才是。」樹慈下床，想接手梳子，幫輕書處理她那一頭棘手的長髮。

意識到他靠近，輕書跳開了。樹慈被她的反應嚇了一跳。

「我、我自己來就可以了。」

「小輕？」

輕書別開眼睛。「慈哥也趕快換衣服吧，我要上班啦！」

「嗯……好。」樹慈還沒從震驚中醒過來。

輕書趁機說：「唉呀，反正我今天鐵定忙翻了，慈哥留在家裡吧，我就先……」

但當她看清樹慈的表情後，她不忍心說完這段話。老天，她對樹慈做了什麼？他昨天不惜自斷手臂也要把她從蜈蚣海中救出來，她現在竟然想要拋棄他？

「對不起，慈哥。」她低頭。「你換衣服，我在玄關等你喔。」

輕書拖著沉重的腳步上班。在捷運的路上，她始終用書遮著臉，不敢對上樹慈的眼睛，因為樹慈一直沉默地望著她。

不過打卡之後，輕書就再也沒有時間去留意樹慈的眼神了。屁股才剛沾上椅子，內線電話就響起了——「唐輕書，給我進來。」總編兇惡地命令。

「……總編早。」輕書怯生生地進了總編的辦公室，然後驚訝地發現南槁老師竟然也在裡面。他面色鐵青，不斷用手指敲著辦公桌，製造惱人的噪音。

總編往桌上扔出一本已裝訂成一台台的打樣稿。輕書認出是南槁老師的書，是製版廠上週五下班前輸出的數位樣，讓編輯在印刷前做最後一次的校對，檢查落版、頁碼等環節是否正確。

「這是怎麼回事？」總編質問。

輕書拿起其中一台，翻到被怒氣折起的一頁。

「妳讀讀看。」

輕書讀了，大驚失色。

「為什麼會發生這種事？」

「呃，我……」

忽然輕書像被電到似的，恍然想起昨天在菸廠時不慎闖入的那個黑白默劇房間。那兩個男人不讓她出去，堅持要她待在那裡看完他們無趣的默劇表演，難不成是要提醒她這件事——

輕書衝回自己的辦公桌，翻著三校稿的紙本存檔。她的慘叫聲讓鄰桌同事都嚇了一跳，以為她爸媽出車禍往生了。

「對不起，總編、老師。」輕書帶著證據回到總編辦公室，負荊請罪。「是我的錯。」

在三校稿紙本上，這一頁有著一條淡淡的紅筆筆跡，從東北一角，直直斜插進西南彼端。天才的美編一看到這樣大器俐落的筆跡，喜不自勝，問也不問，直接 delete 這一大幅跨頁內容。這兩頁內容恰恰是南槁老師自誇有可能進軍下年度諾貝爾文學獎提名人選的一切基礎。因為當時趕著製版，輕書確實也輕忽了，沒有將美編改回的回樣再檢查一次。

「今天還好是我堅持要求看打樣稿才發現這種誇張的錯誤，否則就讓你們這樣把書印出來，我一世英明都毀了！你們是要怎麼賠償我？」

「老師別激動，你高血壓……」總編安撫道。

「我當初就跟你千叮嚀萬交代，千萬不要派給我這麼菜的編輯。」

「可是老師，之前的編輯都被你搞走了，我實在沒有人手了。」

「你是在說我難搞嘍？」

「我沒有這個意思……」總編聰明地轉移話題：「而且這個錯誤還來得及補救，只要把兩頁蝴蝶頁刪掉，挪去補這兩頁的篇幅，就不會影響台數，頂多就是損失製版的費用……」

「就因為你這種息事寧人的態度才會放任這種不負責任的編輯存在！唐輕書小姐，妳有在寫作，也立志成為作家，妳自己捫心自問，如果有一天妳的作品在出書前遭到這種對待，妳會忍氣吞聲嗎？」

「是是是……我會好好懲戒她的，老師息怒，高血壓、高血壓……」

「嗤！我就說作家不可以當編輯嘛！想自己的作品都來不及了，怎麼會用心對待別人的作品？我說妳是不是在嫉妒我啊？」

總編的臉都歪一邊了，心想這位作家明明都已經在文壇闖出一片天了，怎麼還會有這麼幼稚的發言？

輕書拖著一身砲灰走出了總編的辦公室。

她感覺到一股視線正黏著她，抬頭一看，果然看到樹慈隔著玻璃窗看著她。她進辦公室打卡前，要他好好待在走廊上，免得被週一辦公室裡的瘴氣毒傷了身體。其實那只是不想讓樹慈看到混亂無力的自己的藉口。

輕書趕緊躲進 OA 家具的小隔牆裡，偷偷抹著起霧的眼睛。

將南槁老師的打樣失誤處理到一個段落後，外線電話響起了。

「喂彩樂您好……哦，托托老師，早安，週末寫稿都順利嗎？我們是約明天交稿對吧……咦？你說什麼？你昨天才剛環島回來，一點進度都沒有？欸，托托老師，不可以這樣啦！這是文化局委託的案子，下週就要期中審查了，我東西沒交出去要扣違約金啊！啥？等等，這說法有點不公平，我沒有盡到督促的責任？問題是我上週打電話給你都轉語音信箱啊……好好好，我確實沒有持續打電話給你，疏於追蹤是我的錯，可、可是，我以為你在閉關寫稿、一切都在進度中……所以就沒有一直打擾你了，誰知道……」

週一的辦公室，果真是瘴氣十足。

用力摔了電話，輕書狂暴地整理包包，準備外出。

「妳外出啊輕書？」同事小心翼翼地問。第一次看到輕書一腔怒火。

「對，有人找打我手機。」輕書冷冷地說：「我要去某個不負責任的王八蛋家裡蹲等稿子。」

衝出辦公室時，輕書又想起昨天在菸廠迴廊上看到的幻象——為何科員會好端端地用違約金威脅她？為何科長沒事要拿報告書扔她？似乎正預示了這一刻——她的作家拖稿了！

那些面目醜惡的蜈蚣出現的真正用意，難道是為了提醒她危機將至嗎？昨天的她卻只甘願沉溺在自己的世界，完全沒注意到這些陷阱與預警。

可惡啊！

「小輕！」輕書正要跑百米趕電梯，被樹慈拉住了，她焦躁的樣子讓他憂心忡忡，無法袖手旁觀。「讓我幫妳好嗎？」

「沒事的，慈哥。」輕書想抽開手，她現在完全不想被樹慈碰觸。「我出去一下，很快回來。」她努力保持微笑，不想讓樹慈操心。

「我跟妳去，我們一起解決。」樹慈卻在這敏感時刻特別強硬。

「慈哥，放開……」輕書不想掩飾了，用力地撥他的手。

樹慈安靜地望著她，不動如山，即使她撥開他的手的動作令他傷心欲絕。

輕書忍無可忍：「放開我——」

樹慈一驚，被輕書的戾氣所化成的冰鑽割傷了手和臉頰。輕書也因為樹慈忽然放手，往後踉蹌了幾步。

「小輕！」樹慈卻怕她跌倒，又要搶步去扶她。

「不要靠近我！」圍繞在輕書四周的冰鑽朝樹慈露出鋒刃。「我昨天本來可以想起這些事的，可、可是……慈哥輕而易舉就把那裡夷為平地了，所以我現在要補救你知道嗎？」

說出這些話的同時，輕書為自己的自私懊惱不已——她怎麼可以把過錯推到樹慈身上？

而樹慈永遠不會怪罪她，反而會說……

「對、對不起，小輕……我不知道……」

她沒有台階好下，只好逃走。

「不要再跟過來！」說完，悶著頭跑向即將關閉的電梯，留下樹慈孤零零地站在走廊上。

輕書根本不知道這一天是怎麼過完的。在托托老師的家裡一起研擬這一週的寫稿計畫，嚴格控管在他下一次失蹤前要交出期中審查要求的字數，更在他家手忙腳亂地煮了一頓被對方嫌棄到幾乎要去跳樓自殺的午餐，然後盯著他寫出了今日的扣打。至於空等的過程中，輕書也沒閒著，忙著聯繫印務，請他將重新輸出的數位樣送到這裡，她當場在樓下的騎樓看完，再跳上計程車殺去南槁老師家，被他羞辱了一番後總算等他檢查完打樣、准許印刷，她又跳上計程車飆去製版廠，順利在今天製版送印。回程為了犒賞寫完扣打的托托老師，買了排隊名店昂貴的甜甜圈蛋糕塔，結果她自己反而沒錢吃晚餐……

輕書癱坐在萬畝捷運站的候車椅時，平常熙來攘往的車站已人潮稀疏，她瞥了一眼時鐘，原來已過了下班的尖峰時間。

她的肚子咕嚕嚕地叫了起來。

「唔……」她痛苦地低嚎。「我肚子好餓喔慈哥，回去煮番茄肉醬麵給我吃啦，我不要番茄醬，要真正的番茄丁喔……」

沒有回應。

輕書回頭一看，她身後空無一人。

是了，當然沒有人回應她，是她把樹慈拋棄的，不准他跟來。

她深呼吸，眼看下一班捷運還要五分鐘才會進站，她拿出筆記本，想到懶散的托托老師都被自己逼出了今天的扣打，她自己也應該要多多努力才是。她雖然沒有托托老師的才氣，可是自律甚嚴一向是她自豪的地方。

她翻開筆記本，拿著原子筆，準備下筆。

一班、兩班、三班……總共五班捷運過去了。

輕書驚恐地瞠著眼，彷彿她正在看一本超驚悚的靈異漫畫。

顫抖的原子筆寫不出半個字。

她走進自己的空間中，天空灰撲撲的，地上一片荒涼的灰沙，毫無生機。

「洛索……」她叫喚。

沒有回音。

「洛螢……」

十分靜默。

「慈哥……」

一片死寂。

「……有人在嗎？有沒有人……有沒有人……」

那個荒蕪的世界，就只有精疲力竭的自己。

最後，輕書緊緊地抱著筆記本，上了捷運。她驚愕地從車窗的倒影裡看到自己絕望、不甘心的表情。

她想起還有一些東西留在辦公室，所以她也不能直接回家，至於樹慈是不是還在辦公室等她，她一點也不抱希望。

她如此惡劣地對待他，她還奢望他會擁抱她，並幫她煮一盤有著滿滿新鮮番茄丁和羅勒葉的肉醬義大利麵？

電梯門開了，輕書抱著肚子、搖搖晃晃地走了出去……

她抬頭一看，愣住了。

樹慈插著口袋，靜靜地倚在牆上，這個姿勢不知已沉默多久，只為了等到她。

輕書吞了吞口水，下意識地牽起嘴角，佯裝歡快的口氣說：「慈哥，你、你還在啊，我以為你回家了呢。」

樹慈望著她。她看到他臉頰上被她的戾氣割到的傷痕。

她避開他的視線。「今天我在外面都很順利喔，總算把事情都解決了。」

樹慈終於離開牆壁，朝她走近。

「吃過了嗎？」

「嗯嗯，吃過了喔。」

肚子卻在這時不爭氣地哀鳴。

樹慈的眼神更深了。

「呃，我去收東西，很快出來，等我。」輕書低頭，轉身就要逃進辦公室。

樹慈一個箭步擋在她面前，輕書正要抗議，她的臉頰被輕輕地捏了。

「小輕要罵哥哥可以，要討厭哥哥，也可以。」樹慈啞著聲說：「但不准對我說謊。」

輕書倔強地咬著嘴唇。

「尤其不准給我餓肚子。」樹慈的聲音更嚴厲了。

不行了，眼淚快要掉出來了。

「除此之外……」樹慈鬆開手，倘開雙臂，朝著輕書。「不管小輕推開我多少次，覺得我有多煩人，恨不得殺死我，但我還是會……」

樹慈往前一步，輕書就退開一步，但她的速度沒樹慈快，意志也沒樹慈堅定。

輕書很快就被緊緊地擁進懷裡。

「選擇『抱緊』處理。」樹慈貼著輕書的耳，柔聲地告知。

她就這麼被原諒了，就像從小到大每一次或有意或無意地傷了樹慈的心一樣，樹慈總會原諒她的。

「不要再說謊了，跟我說實話。妳想要哥哥怎麼做？」

「我……」輕書終於哭了出來，被脆弱與愧疚交織出的網徹底網羅住。「我要慈哥！我想要慈哥！我不要再一個人了，嗚啊啊啊——對不起！對不起慈哥啊啊——我不應該傷害你的啊啊——」

「還有呢？」樹慈靜靜地聆聽。

「我、我要吃肉醬義大利麵，要番茄丁——嗚啊啊啊——」

「然後？」

「我、我還要把慈哥撲在地上，吃乾抹淨，嗚嗚嗚……」

樹慈噗嗤笑了，卻笑得很幸福。「都好，我聽到了，所以不要哭了，嗯？」

輕書還是嗚嗚噎噎地啜泣，發洩今天所有的晦氣。

樹慈握著輕書的手，帶她撫摸他臉頰上的傷痕。

「妳看，」他打趣地說：「我們兩個像不像妳小時候想的那幕場景？」

「什麼？」

「即使她捅了他一刀，他還是忍著痛要把她追回來。因為……」他笑得如此深情。「他就是這麼珍惜她啊。」

Chapter 8

薄荷棒棒糖是編輯的鎮定劑！

這陣子京平也無法從編務中抽身，忙到一直敲不定時間和輕書在外頭見面相談，只好請她下班後到他辦公室，他可以勉強抽出二十分鐘來聽聽她在U&M的動態中提到的煩惱。

然而直到輕書和樹慈坐在京平身邊，他仍深陷在工作中。

她看到他嘴邊叼著一根細細的棒子。

「你抽涼菸？」輕書有點驚訝，忍不住脫口一問。

正在講電話的京平看了她一眼，抽出那根棒子晃了晃——原來是一枝寶藍色的無糖薄荷棒棒糖。

輕書和樹慈互看一眼——棒棒糖和鐮刀，好大的反差。

但輕書後來就知道為什麼他需要棒棒糖了，對京平來說，那是應付忙碌的編務工作所需的鎮定劑。因此他才可以保持冷靜，像八爪章魚一樣，同時對付每一件需要他在場盯哨或緊急下判斷處理的事情。比如輕書此刻所看到的一切——

「先生，這個編註我們已經討論不下五次了，你給我改就是了，不要給我那麼多理由。我明天就要看到成果，很重要，所以再說一次——明．天．就．要。」他可以一邊夾著電話和某作者爭論改稿之必要，然後一邊爬著三校稿紙本上的每一個文字，並總在驚險處圈出像擅於偽裝的寄生蟲一樣的錯字。

電話剛掛，他又飛快地敲起鍵盤，用CL3丟出各種指令——回應作者是否該賜死配角的大綱問題、和行銷對幹為什麼本季的宣傳大幅縮水、跟印務下再刷訂單時不忘再給人家砍個五千塊；接著又想起什麼，切換了視窗，去社群網站U&M抓那些肯花時間頻發動態卻不願寫稿的作者，在盯著其他作家的留言板時，還順便抓到一個值得留意的寫作者，趕緊在便條紙記下對方的筆名與作品名稱……

幾乎是眨眼的瞬間，他就擺平了五花八門的正擊、佯攻和奇襲。

「再等我五分鐘，我快校完了。」他對輕書說。

「哦哦，慢來、慢來。」輕書希望自己不會打擾到他，她知道校對是心急不得的。

「媽的。」他忽然咒罵一聲，撥了內線。「喂？小姐，我不是說過這本書要排在三百頁以內嗎？現在還是超出半台了——喂喂，半台不是錢啊？妳不要跟我說無法解決，來，妳軟體打開，把行距再縮0.05，快點，照做，不要逼我現在衝到妳辦公室。如何？有沒有縮頁數？嗯，很好，趕快印出來給我，謝謝。」

掛了電話，手機又響。這通電話就講得很小聲了，輕書懷疑是他女朋友打來的。

這時電子信件的提醒音響起，正平靜地對著手機解釋為何今晚要加班、不能赴約的京平瞄了一眼信件，突然表情冷凝得像北極，寫了一張「你不要以為我不知道你在搞鬼」的字條，摺成紙飛機射給斜對面的同事，還不忘站起來送對方一記中指。

輕書和樹慈都瞠大眼睛。輕書偷偷看了一下那封匿名信件的內容，主旨是：「目擊！邵京平在茶水間弄哭女同事，是情是怨？當事人踹共！」

忙成這樣，還要處理辦公室的桃色緋聞啊。辛苦京平了。

儘管輕書懷疑京平已忙到幾乎沒有呼吸的時間，可是他依舊能從混亂中找出自己的節奏，循序漸進、條理分明地完成每一階段任務。看得輕書目瞪口呆。

京平是怎麼處理這團混亂、而自己又能不陷在混亂中？輕書太好奇了。

她和樹慈對看一眼，彼此點了點頭，她寫了一張字條，給京平看：「不好意思，我可以『進去』嗎？」

京平困惑地看著她，對著手機氣音地說：「嗯，愛妳，掛了。」收了電話，他問：「進去什麼？」

「呃，就是……你的空間？」

京平望著她好久。

「嗯……不可以嗎？抱歉……」

「可以。」京平說：「只是沒什麼好看的。」

「我可不這麼覺得。」樹慈說。

京平遞給輕書一枝白板筆，笑哼著說：「難得慈哥對我的空間有興趣。」

「不是興趣，只是好奇怪物在想什麼。」

京平的座位上掛著一面記事的小白板，輕書拔開筆蓋，在上面畫了一扇門與門把，然後做了扭開門把的手勢——

「嗚哇——」

「小心！」

要不是樹慈牢牢地抓住她，輕書差點兒被「門」後的龍捲風捲上天。

「抓緊我！」樹慈化為軍荼利明王尊，利用多臂的握力才將彼此壓在地面上，不讓狂暴的龍捲風將他們拋上天撕裂。

但緊接著卻是一陣天崩地裂，土地裂開了一道大傷口，軍荼利明王失去了憑依的地方，抱著輕書墜進了幽谷。谷中持續震盪，是足以毀滅一座百萬人口大城市的地震。軍荼利明王閉上了眼冥思，再張開時已化身為孔雀明王尊，往谷底呼出一口大氣，吐露間便見一棵樹冠龐大的大榕樹從黑淵中升起，不但托住了墜落中的他們，也對持續崩毀的地殼施展了抓握的張力，地震間歇了一陣……

「咦？慈哥，你聽到了嗎？」輕書緊張地抓著孔雀明王尊的脖子、一邊張望。

閉目的孔雀明王尊側耳傾聽，吃驚地說：「小輕！閉氣！」

剛喊完，兩人又被湍流揮進了失去重力的空間。樹慈奮力帶著輕書游上了水面，才看清方才發生了什麼事——經歷了龍捲風、地牛翻身後，現在又來了一場大海嘯，世界幾乎是一片汪洋了。

輕書撥開頭髮，恍恍惚惚地問：「天啊……京平到底在想什麼啊？」

樹慈沉默著，心中也對這種狂亂得幾乎難以駕馭的空間感到震驚。這些大自然的力量在輕書的空間中也常常存在著，但還不到足可毀滅全世界的力量。

「喂——」天上傳來了呼喚聲，兩人循聲往上一看，看到京平竟然坐在一朵白雲上，含著他最愛的無糖薄荷棒棒糖，一耳戴著耳機，聽著手機裡的音樂。

「你們站在那裡幹嘛？上來。」

「啊，天上！」輕書說：「天上最安全了，慈哥，我們上去吧。」

「好……」

兩人正要想辦法動身上天，一顆宛如太陽般強烈的光球乍現，但它的位置不斷在墜落，離地表越近，越能感受到它的速度與巨大——

當隕石的火球已在京平的身後時，他仍悠哉地含著棒棒糖。

「啊啊啊，京、京平——」

閃光之後，輕書相信被隕石親吻的地球毀滅了，而自己也化為無形的物質，在茫然的外太空漂浮著，一如無數的鬼魂……

忽然，他聽到打響指的聲音。啵、啵、啵……

她昏昏沉沉地睜開眼，京平含著棒棒糖的臉近在眼前，正不爽地看著她。

「醒了沒？小姐？」他一直在輕書耳邊打著響指。「讓妳進來不是請妳休息的。」

輕書一驚，趕緊從樹慈的懷抱中爬起。「世界不是毀滅了嗎？我不是死了嗎？」

樹慈心疼地蹭著輕書。「小輕嚇壞了，不要隨便咒自己死喔。」然後不忘瞪一眼罪魁禍首邵京平。

「這種程度就以為世界毀滅、自己要死了，可不夠資格成為編輯，唐小輕。妳要是碰到黑洞吞了全銀河系怎麼辦？」京平邪惡地舔了舔棒棒糖。

「那、那我們現在在哪裡？」

「妳自己不會睜眼瞧個仔細？」

「哦哦，好，慈哥，放我下來吧……哇？」剛落腳，輕書便又嚇得縮回樹慈身上。因為她看到她腳下是一片無垠的宇宙，而發著溫潤藍光的地球正在那虛空中沉默地轉動著，更遙遠的深處則流動著晶瑩璀璨的銀河。

但樹慈和京平都穩穩地站著，她想應該沒問題，於是便嘗試地往地上踮了踮，覺得安全了，才在樹慈的扶持下站直身子。

「歡迎，我的空間。」京平意興闌珊地說：「有什麼想參觀的嗎？」

輕書驚訝於這裡的寧靜。「可、可是……我們剛剛不是經歷了龍捲風、地震、海嘯還有隕石嗎？那些災難呢？」

「喔，妳說這個？」京平手一揮，揮出了一道道像在太空艙內部裝設的艙窗。

艙窗內的景象，正是她和樹慈剛剛經歷過的龍捲風、大地震、海嘯和彗星撞地球——威力甚至遠比他們方才親身經歷過的更加殘暴。除此之外，輕書還隱約看到沙塵暴、火山爆發、叢林暴雨在窗外徘徊著。

她顫顫地朝其中一扇靠過去，一窺究竟。她正要摸上透明的艙窗，一陣衝擊波陡然震向窗戶，嚇得輕書跳起來，手上仍殘留著麻木的感覺。

「怎、怎麼回事啊？」

「沒什麼。」京平也靠過來，往窗外一看。「有個作家拖稿，說是她祖母生病，可是卻被我看到她上傳在京都玩的照片，我有點火大，不小心原爆了一下。」

「原爆啊……」輕書看著窗外方圓百里皆被夷為平地的現場，再看看仍一派平靜的京平，還有完好無缺、一塊肉也沒少的自己，覺得不可思議——即使是原爆的閃光也沒傷害她分毫。

她剛剛真的經歷了京平的急躁與怒火嗎？

「可是……怎麼可能呢？」

「什麼可不可能？」

「京平怎麼能全身而退？作家不但拖稿，還說謊耶，都能引發原爆了，可見你有多生氣。」

「我的確恨不得將她碎屍萬段。」

「可是我們毫髮無傷……」

京平疑惑地歪著頭。「是妳讓她拖稿？」

「當然不是！」

「那就對了，又不關妳的事，我為何要牽拖妳？」

「我不是這個意思！我的意思是……」輕書想著詞彙。「你怎麼可以把自己置身事外？你怎麼能這麼冷靜地看待這個麻煩？難道你不在乎這本書嗎？」

「我不在乎？」京平挑眉。「小姐，這本書的出版和銷售量關乎我的考績點數、年終獎金還有我和這位作家的聲譽，我怎麼會不在乎？」

京平想通了什麼，瞇著眼打量輕書，說：「我知道問題在哪裡了。」

「啊？」

「難不成妳覺得我要跟著自己的怒氣同歸於盡，才證明我在乎這本書？」

「唔……」因為輕書正是用這樣的犧牲來證明自己對工作的投入。

「我不會為了這點小挫折就傷害自己的元神，對我、對作者，都得不償失。而且……」京平邊說著，邊看向窗外，並揮了揮手：「這樣就無法隨時保持冷靜、客觀、公正，來發現問題或細節。」

輕書好奇地看出去：「你在跟誰揮手啊？咦——」

剛剛那種足以毀滅一座海島的原爆威力不可能留活口，可是她現在卻看到一個小女孩抱著一盆綠油油的小盆栽從地窖爬出來，還生龍活虎地和京平打招呼。

「還有人活著？」

「那是作者僅存的良心。」京平說：「她雖然跑去京都玩，可是稿子還是有帶在身上，剛剛交出第九章了。」

「所以說，如果你剛剛也把自己給炸了的話……」

「我就不能幫她的良心設想一處避難所了，然後也會跟著失去這個作者和她對我的信任，不是嗎？」

不知為何，輕書有點不甘心，她又移到下一個窗戶。

「再示範一次，拜託！」

「咦？」京平覺得麻煩，皺了一下眉，但他漸漸對輕書的煩惱有了點眉目，為了他的作者好、讓她可以盡快定下心衝刺到尾聲，他應該要有點耐性才對。

「我只做一次，妳看好。」

「好！」輕書瞪大眼看仔細。

始終不發一語的樹慈也緊緊地盯著他的敵手的一舉一動。

京平環顧了所有的艙窗，就在眾人屏息之際，他忽然用力地拍了一掌——

「好了。」他宣布。

「好什麼？」輕書莫名其妙。

「妳自己看。」京平抬了抬下巴。

樹慈抱起輕書，讓她可以將窗外的狀況俯瞰清楚——她驚愕地發現，京平在龍捲風肆虐的土地上找到了一株花絮飽滿的蒲公英、在黃沙捲得昏天暗地的沙塵暴中撿起了一根駱駝的睫毛、在連山巒都足可淹沒的海嘯中抓了一尾魩仔魚，還有在危機四伏的熱帶雨林中捻了一枝金剛鸚鵡的翡翠色羽毛……

輕書看得目瞪口呆。

最重要的是，這些可以將人的理智輕易催毀殆盡的災難，彼此都被關在個別的空間中，防護間隔做得極其完備，彷彿它們身處在不同的次元時空，不會彼此影響、也不會讓狀況更雪上加霜。而唯有站在天神地位者可以俯視、看透並控制這團混亂，京平正是站在這個位置上的人。

「編輯從來都不優雅，但如果不能在混亂中從容地發現一粒可能壞事的小石子，就不是合格的編輯。」京平淡淡地說。

她相信，因為京平就是最好的範例。

「但這些都只是附帶的能力。」京平瞥了一眼輕書，說：「如果編輯沒有意識到自己最大的任務，這些都是枉然。」

「……最大的任務嗎？」

京平沒有追問輕書是否知道答案，反而看向樹慈：「其實我覺得依慈哥的能力，也可以做到我這種程度。」

樹慈冷冷地問：「你不是消遣我吧。」

「試試看吧，慈哥？」京平讓了位置，讓樹慈試著在這些災難中發現問題的癥結處。

「慈哥，拜託，試試看吧！」輕書亮亮的雙眼，推了樹慈最後一把。

樹慈深吸口氣，站在龍捲風的窗口前。

他首先做出了握拳的手勢，龍捲風被連根拔起，他們很快就找到了蒲公英。

「成功了！」輕書歡呼。

「等等，那是什麼？」京平發問。

蒲公英的前方，不知何時出現了一棟木造平房，有一個綁著雙辮的女孩提著小竹籃走了出來——是桃樂絲？

樹慈一分心，龍捲風開始從他手上掙脫，樹慈也在這時意識到桃樂絲與木屋出現在這裡的意義——那正是輕書透過樹慈的思維亂入的想像力——他說什麼都要消滅龍捲風！

京平看出不對勁。「不對，慈哥，鬆手——」

龍捲風就像一尾活龍，被桎梏得越緊，反彈越大，最後桃樂絲和她家木屋還是被龍捲風捲往奧茲國了。

三人一陣無言。

「沒、沒關係。」輕書拍拍樹慈的肩膀。「我們再試下一個。」

下一扇窗是海嘯。當樹慈像摩西開紅海一樣大展身手時，卻為了保護忽然出現的亞特蘭提斯古城，連自己的意識也被淹滅了一半。他踉蹌了一下，頭有點暈。

「慈哥？」輕書趕快扶著樹慈。

「沒事。」他強笑了一下。「下一個。」

接下來，他們繼續嘗試了沙漠的沙塵暴、猛獸四伏的熱帶雨林，總是在成功之際，偏偏殺出個樓蘭古城、馬雅遺址來讓樹慈分心，樹慈想要顧全這些燦爛的古文明不被摧毀，結果反而讓自己被毀滅了。

京平忍不住瞪著輕書。「妳不要亂入。」

「她沒有亂入。」頭痛欲裂的樹慈還想幫他主人說話。

就在樹慈想要拯救舊金山大橋免於地震的摧毀，京平緊急喊停。

他抱著胸，瞇眼打量著輕書和樹慈。

「妳在處理編務的時候，都是這樣嗎？」

「呃，是的。」忍不住就會思考一下自己的小說情節。

「簡直就像核電廠輻射外洩一樣，令人頭痛。」

「嗯……謝謝誇獎。」應該是誇獎吧？

樹慈的暈眩減輕後，出面澄清說：「小輕就是這樣保持寫作進度的。」

「我知道。對我們來說，這當然是好事。可是……」京平悶悶地說：「對你們來說，卻不是。」

京平接著將他們主僕二人在風島文創園區當天與之後發生的事情詳問清楚。聽完始末後，他沉吟了片刻。

「慈哥，我不認為那些蜈蚣、蝗蟲全然有害。」

樹慈一臉不服。

「我認為它們比較像是『疫苗』的功能。」

「疫苗？」

「讓妳對之後的危機產生抗體。妳好好回想，妳預見的那幾幕場景，是不是都跟妳碰上的危機有關？」

那對男人強制她參加他們的默劇演出，以及科員拿違約金要脅、科長朝她扔報告書，確實都與她在週一遭逢的災難有強烈的關聯。如果那時她努力正視、趕進公司加班的話，或許還能挽救，至少不會被南槁老師責備，或被托托老師來一記回馬槍而措手不及。

可是這樣的話，她勢必要犧牲和樹慈共同發掘靈感的寶貴時光……那些工作確實很重要，但還沒有重要到要她付出她為創作奉獻的所有心力。而樹慈和她有一致的信念，甚至多過了頭，所以他說什麼都要殲滅這些可能蠶食她創作動力的惡蟲。

「當然，這種工作上的煩憂，任何一行都會遇上。」京平這時也補充道：「問題是，編輯與作家所使用的力量，卻是同一種。那個傢伙跟我說過一個比喻。」

「哪個傢伙？」

「王道。」京平嘖了嘖，不太情願提起這個名字。「他跟我說了破風手和衝線手的比喻。我上次語帶保留，是不希望自己一句無心的話讓妳發現自己正走在鐵漢坡上，但既然妳現在遇到了問題，迴避沒有好處，就全部攤出來講吧。」

京平慎重地問：「我現在再問妳一次，小輕——妳認為編輯是什麼？」

「呃，就是催稿、讀稿、抓錯字、抓bug、寫文案、當美編的出氣包、查證資料是否正確、確保書印出來不會有任何錯誤，做一堆和書有關的行政雜務……」

「妳還是要給我一樣的答案嗎？」京平眼神嚴厲。「妳心底明明很清楚答案的。」

輕書掙扎地閉上眼睛，嘆了口氣。「唔，好啦，我說就是了。」她不捨地看著樹慈，說：「編輯就是……好好地待在幕後，把作家的書當成自己唯一的人生目標，讓書做得更好的職位。總而言之，就是要把作家的書當成自己的書一樣對待……」

「還有要認清楚一點。」京平再說：「某個編輯前輩還說過：『編輯不能為書增添什麼，他頂多是作家的僕人，不要覺得自己很重要，編輯頂多是釋放能量，而不是創造。』」

樹慈哼了哼。「我倒不覺得你表現得像個僕人。」

京平頂回去。「我比較喜歡『執事先生』這個說法。」

輕書困惑了。「可、可是，這……」

「對，很矛盾吧？對一個可以用文字表現出更獨特面貌的作家而言，這個分寸不好拿捏。所以有些出版社堅決不用作家做編輯就是這個道理……當然，如果能夠熬過這道自我質疑的關卡，分寸拿捏得宜，善用這個矛盾，作家也是可以成為名留青史的好編輯——沒有比作家更了解、體諒並化解創作辛酸與艱辛的人了，但是這種人才相當稀少。」

「這意思也就是說……」輕書望著樹慈，有點哀傷。「要用慈哥的天照之力為那些不是我的作品服務，對吧。」

「哪一天妳願意讓慈哥代替妳處理編務，我相信妳很快就會成為出色的編輯，主編之路不遠矣。」

輕書苦笑了一下。「我想也是。」

「我不要！」樹慈難得表現激烈：「即使這是小輕的命令，我也拒絕！我不會去當別人的小三的！」

「慈哥……」雖然小三的比喻用得怪怪的，可是知道自己是獨一無二而且被深愛著，讓輕書很窩心。

「我也不贊成。」京平也說：「妳的名字不該只出現在版權頁，封面和書名頁才是妳名字的舞台。」

「哦……京平……」被她家高捫的編輯大人拐彎稱讚，也令輕書感動得無以復加。

「但是，妳仍需要編輯這份工作，好維持生活和寫作。」

「對……」這是現階段的世道無法迴避的事實。

「那麼，」京平正視她與樹慈，嚴正地宣布：「就特訓吧，小輕。」

Chapter 9

代價是各種披薩吃到飽的特訓！

京平為輕書規劃的特訓，約在兩人都有空的週末。京平讓輕書、樹慈進入他的空間中。他們此刻正身處一處很像實驗室的地方，燈光透亮近乎慘白，四壁鋪滿潔白的隔音泡棉磚，一點汙垢瑕疵都沒有，只在天花上用僵硬的字體標上「105」的數字。京平說，這是他建構的第105座特訓場，只是這次不是為自己而開，而是為輕書設立的。

「你的空間果然跟你這個人一樣，一點溫度都沒有。」樹慈消遣京平。

「像你這麼熱情，我會很困擾。」京平反唇相譏。

輕書把樹慈擋在身後，不讓他回嘴。「謝謝京平。」她說：「我們跑到你的空間特訓，真的不會影響你嗎？」

「這座隔音磚隔的不只是聲音，還可以吸收各種動態，所以不論妳在這裡變出什麼誇張的空間，它都能承受，儘管放心吧，妳還沒那麼大的能耐可以影響我。」

「好的。」輕書放心了，樹慈則不爽他最後一句。

京平抽出資料板，開始說明他設計這套特訓課程的原理。「我們之前歸納了讓妳的工作與創作陷入混亂的原因，就在於編輯與寫作所使用的力量同出一源，如果要同時駕馭好它們，只靠慈哥一尊天照是絕對不夠的。更何況，基於作家的私心，妳也會有所保留，想將慈哥的力量保留在妳最有企圖心的創作上。」

「是。」輕書應和道。

樹慈有點賭氣地緊緊握住輕書的手。

「慈哥當然也感受到妳的野心，依他的程度，幫妳解決編務上的疑難雜症是輕而易舉——只要他肯用心的話。」京平看向樹慈，說：「然而一旦讓他察覺到這些現實上的思緒會危害到妳傾心的夢想，不論這種危害是否是惡意的還是帶有預告意義的，他的本能反應就只有『殲滅』而已，別無他途。畢竟他是因妳的創作慾而誕生的天照，要他擁有思考其它途徑好解決問題的腦子似乎有點強人所難。」

樹慈的臉上變出了金剛夜叉尊的五目，正要壓下京平那張囂張的嘴臉時，輕書趕緊摸住他的眼睛，陪笑道：「沒事沒事，京平繼續，請繼續。」

「所以結論就是，妳不能一直依靠慈哥的本能，慈哥只會去『結果』它，不會從根本『解決』它。結果和解決的差別，相信妳在那『躁鬱的週一』已經深刻體驗過了。」

輕書一邊點頭，一邊給樹慈拍拍，安撫他，要他別喪氣。

「那我要怎麼做呢？」

「妳要靠自己的意志找到『對的武器』。」

「靠自己……」

「慈哥之所以能進化出第三種天照之身，追根究柢，那並不是妳的功勞，而是本著他想保護妳的初心而達陣的自我進化，頂多是受到妳蓬發的創作力影響，得到了一些催化的鼓舞。但誰來確保妳這份蓬發的創作力持續不斷？尤其在妳必須面對忙碌的編務的時候。既然妳不願讓慈哥分心幫助妳，那答案很明顯了，妳必須要靠妳自己，或是找到和慈哥一樣可靠的幫手。」

「我……我明白了。」

樹慈一臉憤怒又哀傷，好像被拋棄的黃金獵犬。

「至於要怎麼找到武器或幫手，就必須靠實戰經驗來激發出解答了。」京平拿出手機，按了按。

這時，他們跟前的天花、地板與牆壁投射出紅色的雷射光，光線彼此交織，組成了一組細密如膜的網。京平說：「我幫妳設計了這套模組，應該會有點效用。等一下請妳跨進模組裡面，準備好我們就可以開始了。」

輕書仰望著京平，雙眼濕潤發亮。

「幹嘛？」京平不習慣這種視線。

「沒什麼，我只是想說……謝謝京平幫我和慈哥。上次也是，要不是你，沒人能從瓶頸手手中救出慈哥他們。」

京平歪頭想了想，難得有點感性地說：「因為我是武天照，寫不出任何東西，也無法想像自己會生出一尊這樣的天照成天黏著自己……既然我擁有不了這種難得的經驗，至少可以幫忙開道和護航吧。」

「哦……京平，你人真……」

輕書的「好」字還沒說出，就被京平抽出的一張清單打住了嘴。

「更何況，」京平壞笑：「這套特訓可不是免費的。」

樹慈打開清單，瞪大眼：「這是什麼？」

「各種口味的披薩吃到飽。」京平說：「上次我在小輕的 U&M 動態上看到慈哥親手烤的披薩，好像很美味。」

「開什麼玩笑，這是訓練費？」樹慈臉都青了。

「是啊，很划算吧？」

「牡蠣？鮑魚？明蝦？明太子？還要莫扎瑞拉起士。你想扒了小輕的皮？」

輕書卻說：「我也覺得很值得啊，慈哥。」

樹慈心疼地捧著輕書的臉。「這種好料我只想給小輕一個人品嚐……」

「可是，慈哥——」輕書忽然用力拴住樹慈的胸膛：「你也說過啊，我長大了。」

對這魄力，樹慈有點嚇到。

「我也可以用自己的力量保護慈哥，對吧。」輕書大聲宣誓：「因為我想要在最安全的地方對慈哥為所欲為！」

「小輕……」

「而且我不想再這麼幼稚地對慈哥發脾氣了。」

輕書還是對上次用怒氣誤傷了樹慈感到耿耿於懷。

樹慈狠瞪了京平一眼，又有點欣慰地望著在他豐壯的胸懷裡蹭著的輕書，卻也感嘆他從小呵護到大的雛鳥真的要獨力振翅了，總之，他內心五味雜陳。

最後，他讓步了。他板著臉說：「成交。」

「哦？很乾脆喔，不殺價？」

「可以讓小輕這樣用力地抱著我，這頓飯很值得。」

京平哼了哼，拍了拍輕書的肩膀，提醒道：「好了，小姐，不要曬恩愛了，放手吧，該準備了。」

京平發給每人一組藍芽耳麥。「方便隨時對話。慈哥要跟妳打pass，我也不反對。」

「好像電競啊。」輕書稀奇地說，讓樹慈幫她戴上。

「小輕，做一下暖身操。」樹慈替輕書脫了運動外套，裡面是一身輕便的慢跑裝，四肢關節都讓護膝綁得好好的。

「昨天我交代的東西都有帶嗎？」

「有！」

樹慈不放心，還是一一唱名檢查。

「戒指？」

「在。」輕書伸出右手，中指上有一只銀環。

「手環？」

「這！」輕書搖搖右手，手腕上叮噹作響。

「皮環？」

「牢牢的。」她左手還繫著一條牛皮帶。

「項鍊呢？」

「沒忘。」她撈出衣服裡的「卍」字項鍊。

「腳環？」

「沒問題。」輕書跳了跳，腳上傳來了響亮的聲音。

「很好……」

京平好奇：「怎麼？我以為她要參加運動會，原來她要去開趴嗎？」

樹慈斜眼。「我不會讓小輕受傷的。」

京平聳聳肩。「如果不幸的她被砍了頭，頂多是高燒一週而已，沒那麼嚴重。我以前技術不純熟，常常被砍頭。」

「砍頭？」樹慈一驚。「等等，這個特訓沒有安全裝置嗎？」

「安全裝置？那是什麼？能吃嗎？」京平歪頭，問得無知。

「你這傢伙——」

樹慈洶湧地逼近京平，輕書卻忽然驚叫了一聲。

「慈哥！」輕書焦急地說：「我忘了戴哨子了！怎麼辦怎麼辦？」

樹慈一愣，又換上和藹的面孔回到輕書身邊安撫：「沒關係沒關係，哥哥這裡有備份，我就知道小輕會忘記，來，戴上。」

「哨子？」慢跑裝外加一堆擾耳的飾品，真是奇特的打扮。

輕書搖了搖哨子。「我們也是有為特訓作一些準備喔。」

「好了，那請小輕跨進去。」京平說。

「好。」輕書順利地跨進了網膜的另一側。

「小輕……」樹慈還有些不放心，想再交代什麼、或只是想單純地摸摸輕書，可是手一觸到薄膜，卻像被電到似地抽回手。

他惱怒地瞪著京平。

「沒什麼，」京平雲淡風輕解釋：「我怕慈哥違反約定，忽然出招幫助小輕，所以我做了點小機關。」

「有必要嗎？」樹慈冷冷地質問。

「當然有必要。」京平從口袋中拿出一個小東西。「然後，請慈哥服下這錠膠囊。」

樹慈皺眉，瞪著他手上的膠囊，不為所動。京平也頑固地不收手，兩個人陷入對峙。

「欸……京平，慈哥……」輕書有點尷尬。

樹慈滿臉不信任。「都做小機關了，為何還要服藥？」

「小輕，勸一下慈哥吧。」京平的視線不離樹慈。「這是防止他突然幹掉我的安全措施啊。」

「慈哥才不會幹掉你咧！」輕書趕忙澄清。

「殺了我，就可以停止這套沒有安全底線的特訓裝置。」京平嘴角勾著：「如果妳陷入了危機，他絕對會二話不說把我的頭捏爆。妳心裡也很清楚，他會為妳這麼做。」

輕書默認了。

「那麼，妳依然會依賴他，這場特訓終究是鬧劇一場。」

輕書低下頭，避開京平嚴厲的目光。

「我知道這件事對慈哥很殘忍。」京平再說：「你雖然出自於她的天照之力，但你們現在是完全分開的個體，她必須為自己的成長負責。」

樹慈動搖了，哀傷地看著宛若身在彼岸的輕書。

「當然，我也不希望妳被砍頭。」京平緩和了口氣。「妳的結尾近在眼前，偏偏結尾最難寫，這時的心境也最急切，必須全神貫注、全力以赴。妳如果高燒一週，我也會很困擾。」

輕書深吸口氣。「所以我沒退路了，對嗎？非贏不可？」

「為了慈哥，為了我，確實如此。」京平意志堅定地看著輕書：「妳必須讓妳的訓練有所成果。」

「……我知道了。」輕書沉思了一會兒，望著樹慈。「慈哥，相信我好嗎？」

「我當然相信小輕，可是……」

「如果一直依賴你，只會毀滅你。」輕書握緊拳頭，勇敢地說：「不要給我後路。」

樹慈苦澀地望著輕書。

然後，輕書燦爛地笑了：「如果我真的被砍頭了，慈哥每天都要熬雞湯稀飯給我吃喔。」

樹慈一直緊繃的心房終於被攻陷了。他也笑了，雖然那笑臉有點想哭。

「當然好，小輕。」

最後，樹慈接過了那錠膠囊，服了下去。

Chapter 10

編輯就是這麼兇猛的特訓腳本！

「一號耳麥，試音、試音、試音……二號有聽到嗎？」京平開始測試。

「二號聽到了。」輕書揮揮手。

「這裡是最愛二號的三號，有聽到嗎？」輪到樹慈測試。

「收到三號的愛了。」輕書比了個「耶」的手勢。

樹慈也微笑地對她比了個愛心。

京平忍不住翻了個白眼，馬上進入正軌：「我依照我們之前所做的充分討論，設計出這套模組必須攻克的目標，也就是小輕未來可能遇到的預設假想敵。」

「好的。」

「牢牢記住，小輕，妳是霸王型天照，妳可以構築空間，也可以生成武器，這是許多天照夢寐以求的能力。只是妳這幾年太過仰賴慈哥，疏忽怠惰了自己，沒有善盡發揮之責，我希望妳好好把握住這次機會，感受一下激發出能量的自己。」

「是，我會努力的。」

喜歡被輕書依賴的樹慈聽得很不是滋味，但他也不能說什麼。

「現在，構築空間。」

樹慈說：「好，小輕，吹哨子。」

「沒問題。」

輕書吹起哨子，隨著哨音每一記的起落，她所身處的空間開始產生變化——

第一記，變出宛如將天空的顏色都傾倒進海洋中、一片蔚藍透徹的大堡礁。

第二記，變出鬼斧神工、足以感受人的存在是極其渺小的事實的大峽谷。

第三記，變出被千年海風吹撫出幽遠、寧靜與神秘的海島與摩艾石像群。

最後，遺世獨立、山嵐繚繞的馬丘比丘讓輕書相當滿意，決定利用這座像是擂台的草丘作為戰鬥場地。

「空間構築得相當流暢，就像呼吸一樣自然。」京平讚道：「不錯，有做特訓嘛？」

樹慈睨著他：「我不會讓小輕變成待宰羔羊。」

「那讓我看看保護羔羊免於待宰的武器吧？」

樹慈貼著耳麥，說：「小輕，『拔劍』。」

「好。」

輕書甩動右手，右手的戒指與手環化為一陣柔軟的銀色水波，水波逐漸成形，變成了一組由長劍與斧盾組成的武器——長劍可向前突刺，斧盾的刀刃向後臂延伸，可包覆手臂，既可劈砍，又能隔擋攻擊，是一組攻守兼備的武器。重點是，這組武器輕如羽毛，看輕書輕而易舉地舉起手臂向他們揮手即可知道。

京平滿意地點點頭。「看來都準備好了。那……」一頓，再說：「注意了，我要開門放狗。」

「放狗？哪裡有狗？」輕書好奇地東張西望。

樹慈忍不住操心提醒：「小輕，專心一點，注意一下四處動靜。」

這時，巨大的霧嵐像一尊巨人慢慢地用四肢攀爬過來，遮蔽住群山，視線一時白茫，只能依靠聽力的輕書隱隱地捕捉到一陣陣頓重的腳步聲，她終於提起了心，專注地看著聲音來源處。

接著，山風由下翻滾而來，霧嵐被打成一朵朵像從天空掉下來的雲塊。馬丘比丘周圍的群山再度探出神秘的面目的同時，有一個人影也筆直地穿過雲朵，朝輕書虎虎地走來。

輕書瞇眼仔細一看，倒抽一口氣。

樹慈也震驚地瞪著京平。

京平不以為然：「奇怪，難道小輕筆下的人物都不會像小孩一樣跟母親撒嬌嗎？」

來人正是戴著龍首儺面的洛索。

輕書透過耳麥詢問：「京平，這是正常的嗎？是你設定的嗎？」

「對，一切都照著腳本走，不要懷疑，專心面對。」京平回答：「不要被妳的人物幹掉了。」

「可、可是……我從來沒有和洛索打過架耶……我們都會坐下來，吃慈哥做的磅蛋糕、好好溝通……」

「妳真的以為洛索打從心底想跟妳好好溝通？」

「什、什麼意思？」

「妳難道沒想過，那是因為他震懾慈哥的威力，所以才逼不得已坐下來跟妳好好『溝通』？一旦慈哥不在妳身邊，妳這個主人要用什麼才能逼他好好聽妳說話，現在就是證明的時候——」

輕書無暇聽完最後一句話，這時的她已陷入了洛索瘋狂而致命的攻擊。

洛索是一名生長自草原的鐵漢子，他視草原的生生滅滅為真理，適者生存更是他的生命信條，要在草原活下去、保護自己摯愛的親人，就是要讓自己變得所向披靡，他的身體替他記住了這些真理與信條，因此一天比一天變得更茁壯有力；他也知道光是體能的優越還不足以對付草原的狡詐，所以他更相信自己一路戰鬥下來所累積的經驗與技巧，並將自己視為一把不斷被煉造的彎刀，除非斷成兩截，否則絕不罷休。

面對這把不斷成長精進的彎刀，輕書這個戰鬥菜鳥幾乎疲於招架，光是承受他右手的鐵鑄義肢劈頭砍來的連擊，輕書的身體就像被電著了一樣，整個麻木住了，接下來的動作更淪陷於僵硬遲鈍的泥淖。眼看洛索像跳著激烈戰舞一樣俐落地揮舞著他手上粗曠的彎刀，每一記跳躍、迴轉都自有它強勁的節奏韻律，幾乎難以打亂他的步調，因此別說妄想見縫插針、主動出擊，連跟上洛索的腳步、阻擋他下一步的攻勢都萬分困難。

還好輕書的長劍與斧盾彷彿被裝上了自動偵測攻擊的裝置，勉強「領著」輕書隔擋來自四面八方的刀光劍影，加上斧盾並非只固定於外側，而是三百六十度地靈活運轉，因此除了身體被震到發麻，到目前為止輕書還算平安無事。

但樹慈仍在一旁看呆了。

「這是撒嬌嗎？簡直要她的命！」他向京平抗議。

「你不要大驚小怪，這個狀況還算稀鬆平常，你沒看過其他作家……」

「我不管其他作家，小輕從來沒有遇過這種暴戾的角色——」

「那你要怎麼樣？」

「什麼？」

「我們事前就說好了吧，小輕必須自己成長。」

「你不要說得好像我要死了，留下小輕獨自面對一切——」

「你一定也有查覺到，慈哥。」京平說：「洛索有好幾次想造反，從小輕某些無法控制的橋段上看得出來。你以為洛索想謀反，只是因為看你不爽？或是每次被你鎮壓下來，自尊受挫，積怨已深？不對，我相信洛索可以帶著他妹妹為小輕開創現在《降神》前傳如此高潮迭起的局面，絕不是因為這種視野狹窄的動力，而是他天生就有想要反抗造物主的意識，好證明自己的存在價值。但因為你總是阻擋在他和小輕之間，他們只能用『說』的來溝通，但其實你一定也意識到了，他真正想對他的母親做的，是用一場結結實實的戰鬥，來向他母親證明自己的能力和存在。」

樹慈抿著嘴，面色凝重。他確實無法反駁。

「非得打過一架，讓母親成功地駕馭他了，他才能激發出真正的潛力，又甘於讓造物主所支配。如果讓你一直壓著他，我想後果不是自爆就是自毀，對小輕的作品一點好處都沒有。」

樹慈深吸口氣，冷靜了些。

「有時激盪的革命不是錯誤。」京平再說：「慈哥這時該做的，應該是提點小輕吧。」

樹慈咳了一聲，按著耳麥：「小輕。」

「什、什麼？」輕書呼喘劇烈：「慈、慈哥，我、我好像有點呼吸不過來耶……頭好暈喔，哇啊！洛索你很賤耶，偷襲我！」

京平在旁涼涼地說：「大概是高山症發作吧。」

樹慈忍著心疼與心驚，鎮定地說：「記得嗎？洛索的左手不靈活。因為妳曾經寫過他為了用鐵鑄的右臂保護洛螢，卻甘願讓左肩被毒劍穿骨而過。」

「咦？」

「但現在馬丘比丘簡直就是他的主場，他的腳對草皮的抓地力十分熟悉，階梯式的場地對常常要上下馬的騎手來說也不成問題。妳好好想想看，有沒有什麼場地可以削弱洛索的攻擊力。」

「可以牽制洛索的攻擊……洛索的手受過傷……他的腳適應的是草地……」輕書一邊躲閃攻擊，一邊思考。

最後，她「啊」地一聲。「我知道了！」

她撩起哨子，急吹一聲——

馬丘比丘馬上變換成京都的清水寺。她和洛索此刻身處在由一百三十九根大圓木所交織而成、數百年來始終支撐著清水寺懸空而立的巨大木構架上。

洛索的腳依舊可以靈活跳躍，但這座高聳的木架與石階不同，這等高度若不讓手臂出力支援，光靠腳力便無法俐落移動。而洛索右臂要揮刀，左臂無力支撐整副身體的重量與擺盪的施力，因此整個攻勢都慢了下來。

喘了口氣的輕書跳了起來，腳跟在空中敲擊了兩下，發動了腳環的力量，接著她的雙腳宛如貓腳一般，更配合透過左手皮環變出的長鞭輔助，靈巧而安靜地在木構架上跳上跳下、穿左穿右，讓局勢整個翻轉過來——此刻變成洛索疲於奔命，急於阻止輕書對他的騷擾與攻擊。

樹慈鬆了口氣。輕書一直想要去京都自助旅行，看看那些精緻典雅的寺廟神社，她對清水寺的憧憬與崇拜在這時救了她一命。

京平點了點頭，看似滿意。他說：「如果連自己的人物發狂起來都無法駕馭，她也不能稱為小說家了。」

樹慈睨著他。「我就把你這句話當成對小輕的肯定了。」

「話別說得太早。」京平牽著嘴角。「如果，連這個也一起上呢？」

「呀啊——」耳麥傳來了輕書的尖叫。

樹慈一震。「小輕？」

此時清水寺的空間已消失無蹤，竟然變成了位於日本岡山的吉備津神社，而此神社最著名的景點，就是那座長達三百六十公尺的爬坡式迴廊。

「小輕，為什麼妳的空間……？」樹慈驚訝地問。

輕書不斷吹著哨子，可是空間毫無變化。

「我、我也不知道，我變不了……」

正納悶著，忽然樹慈看清了迴廊屋頂上方不只鋪有黑瓦而已——

「小輕！後面——」他撕心裂肺地叫。

原來有一條巨大的黑蜈蚣埋伏在迴廊屋頂上，牠巧妙地將自己的身體化為黑瓦的顏色，慢慢地匍匐靠近輕書與洛索的位置，樹慈之所以會注意到，便是眼角餘光總是瞄到黑瓦像水波漣漪一樣微微起伏著。

「——什麼？哇！」輕書回頭一看，趕緊往上一跳，才同時避過蜈蚣的大獠牙還有洛索的揮刀。

雖然蜈蚣與洛索一起對輕書發動攻擊，但顯然雙方也是勢不兩立，蜈蚣的獠牙沒打算放過洛索，而洛索蓄足了腳力往地上一踏，將地脈之氣化為一條與蜈蚣等身的地龍，飛身與蜈蚣交纏相鬥。此刻局勢是更加混亂。

「小輕！趁現在，換成對自己有利的空間！」樹慈焦急地說。

「好、好……」輕書用力地吹哨子，看她吹得面紅耳赤，就知道有什麼東西在冥冥中影響了她構築空間的能力。

但輕書不願放棄，一吹再吹——她的天照之力終於像是被搖晃過、充滿氣泡的香檳瓶，衝破了瓶頸與木塞——空間開始扭曲變化。

樹慈卻發現輕書苦惱地抱著頭，空間遲遲成不了形。

「小輕，加油啊——」

「不行啊，慈哥……」輕書痛苦地哀嚎：「頭……好痛喔。」

最後輕書的天照之力還是受到影響，蜈蚣的存在蠶食了她對空間的想像本能與能量，變成了有利於蜈蚣身形的空間——伏見稻荷大社那綿延不絕的千本鳥居。

一條長道通到底的空間，沒有任何遮蔽物，輕書依舊危險地暴露在蜈蚣兇狠的獠牙前，而洛索引出的地龍不敵蜈蚣，已被啃成一截截白骨與碎肉，在蜈蚣的嘴裡哀鳴著。

樹慈看著地龍悽慘的死狀，面色猙獰：「這也是你設定的腳本嗎？」

「這就是編輯工作。」京平面不改色：「編輯就是這麼兇猛。」

喀嚓一聲，蜈蚣咬碎了地龍的頭顱，嘴裡一邊噴著鱗片和龍角，一邊奔向身經百戰的洛索。洛索躍起、快步爬上蜈蚣的身，想尋找可以一刀除之的要害，蜈蚣的頭身卻能一百八十度反折回轉，追著洛索一路來到自己的充滿毒刺的尾足，前有獠牙、後有毒刺的夾攻下，就連洛索也像螻蟻一般，輕易地被摜到地上遭萬足踩踏，沉寂在一片囂鬧的煙塵中。

「可、可惡……」輕書很生氣，卻也很害怕，雙腳不住地發著抖。她大喊：「住手啦！混蛋！」

蜈蚣停下了動作，一百八十度反折的頭身慢慢地歸位，紅得發亮的大眼睛飢餓地盯著輕書。

目睹一切的樹慈快要隱忍不住，蠢蠢欲動。

「慈哥，你要沉住氣。」京平提醒：「你要相信她會成長。」

樹慈壓抑著聲音，按住耳麥：「小輕，結印！」

輕書忍著頭痛，在項鍊前做了樹慈教她的結印手勢，「卍」字項鍊發著宛如太陽的盛光——光芒中奔出了一隻踏著火足、龍頭馬身的麒麟聖獸。蜈蚣退縮了一下，因為麒麟額上的大角令牠感到不安和恐懼。

「再結！」

輕書再結一印，這次奔出了像被火焰包覆、貌似獅王的狻猊，牠趁著蜈蚣退縮的時候鑽至蜈蚣身側，用牠燃燒著的鬃毛烘烤著牠的下腹，蜈蚣痛苦地縮成了一團。

「好機會。」京平說。

「好！小輕，集中精神，想像空間——可以阻隔蜈蚣的空間！」樹慈大喊。

「好……」輕書屏息凝神，然後使盡全力吹動哨子——

隨著哨音的傳遞，鳥居發生了骨牌效應——一截截地退化成由四方形積木組成的玩具，當哨音戛然而止，積木便開始崩塌，輕書、洛索、聖獸與蜈蚣一齊下墜，最後降落在一座形似羅馬競技場、利用高科技太空瓷土建構成的太空船上。

那是輕書曾經發想過的科幻故事。這座太空船還沒來得及戴著人類尋找宇宙殖民地，人類文明便已覆亡，如今只剩下這座雄偉卻滄桑的太空船殘骸見證著人類曾經握有的智慧，然後永恆而荒涼地傾頹在被極光照耀的黑暗大地上。

一行人、蟲、獸滾落在太空船的圓弧船身上，洛索靠近輕書時，即使被蜈蚣壓得遍身瘀青血痕，仍是不忘補輕書一刀，還好輕書的貓腳踢中他的側腹，蹬開彼此的距離。然而再滾下去的話，就會滾入太空船右舷的破洞中──輕書曾設定這個洞是被人類繁殖眷養的「探路獵犬」、一種兇惡龐大如恐龍的外星生物撞破的，深知這窟洞既大且深，而且掉進去後連她自己也不知道怎麼出來，所以她連忙朝船身刺入長劍，止住自己的墜勢。可她捨不得洛索就這麼消失，便又揮出左手的皮鞭，勉強套住洛索的腳，讓他頭下腳上地懸在半空中。至於蜈蚣與聖獸則雙雙被深奧的黑洞吞沒。

「解、解決了嗎？」輕書喘著氣問。

「小輕，把破洞補起來，快。」樹慈提醒道。

「啊，對，好！」因為無手可拿哨子，輕書只好用吹口哨的方式，「想像」這口洞最後被叢生的樹藤與綿密的苔蘚封印住。

確認安全後，輕書鬆開洛索，跟著他一起落回地面。

樹慈的眉頭也暫時解開了，這才發現自己驚出一身冷汗。

洛索跪在地上，無法起身，看來剛剛損失了地龍、又被蜈蚣萬足踐踏，讓他元氣大傷了不少。

「洛索，沒事吧？」輕書問，走過去，想扶他起來。

洛索卻仍提著彎刀，想繼續跟輕書大打一場。

輕書舉起雙手，作投降狀。「夠了啦洛索，你看你，面具都破了。」

洛索撐著彎刀，搖搖晃晃地站起身。

「我們有話不能好好講嗎？想撒嬌就來我懷抱撒啊，沒事動刀動槍的幹嘛？」

樹慈一聽緊張了。「小輕，妳的懷抱是我的，不可以。」

京平翻白眼。「兩位，這是特訓的腳本，請不要當真。」

「不管是真的還是假的，我還是希望可以和自己的人物溝通，而不是用武力征服他。」輕書認真地說：「這段日子，我和洛索、洛螢就是這樣走過來的，我做的並不是駕馭他們，而是讓他們帶我走出一個又一個精彩的故事。我想尊重他們，而不是統治他們。所以……」

輕書揮了一下右手，長劍與斧盾都消失了。

「小輕，不要這樣……」樹慈又焦慮了。

「笨蛋。」京平斥道：「特訓還沒結束。」

「我知道京平設計這份腳本的意思，你擔心我之後被創作和工作上的雙重焦慮給擊倒，可是……如果創作真的要擊倒我的話，我也心甘情願……」輕書傻兮兮地笑了：「誰教我的使命就是想像和創作呢？」

京平聽了，安靜許久，然後嘆了口氣。

「明明有捷徑卻不走，看來要把你家主人訓練得更精明幹練，恐怕有點難度。她不可能兩者兼顧的。」他看著樹慈說：「答案很明顯了，比起編輯，她更喜歡創作。」

「我一直都知道。」樹慈冷冷地說。

但京平的臉上並不失望，反而有些欣慰。

就在這時，輕書脖子上的項鍊忽然被扯動了！

「咦？怎麼回事？」輕書呼叫：「慈哥，項鍊在發抖，這正常嗎？」

樹慈一震，但還沒發話，耳麥又傳來輕書的叫聲：「碎掉了慈哥！」

「項鍊碎掉了？」京平問。

「嗯，變成粉末了。」輕書慌張地報告。

「小輕！」樹慈大感不妙，瞪著太空船的動靜。「離開太空船——」

但輕書無暇理會他的警告，因為洛索聽了方才她那段感人的自白，還是沒打算放過她。他一個箭步衝向輕書，打算揣著刀鑽進母親的懷裡好好「撒嬌」，輕書唯一的反應就只有僵在原地、緊緊地閉上眼睛——

她卻被狠狠地推開了！

幾乎同時，她身後的太空船艙壁發生了劇烈的爆破，煙塵中一支「箭」就這麼穿過了她剛剛呆立的地方。

衝擊波將輕書踢了幾滾才停下，她頭昏腦脹地抬起頭，往前一看——她慘叫起來。

樹慈也鐵青著臉，咬牙切齒：「可惡——」

孩子雖然為了與母親撒嬌而能不擇手段為各種惡，但心底最愛的還是自己的母親，為了保護自己的母親，犧牲自己也再所不惜——

方才洛索並不是要攻擊輕書，而是為了拯救她。

洛索被那支「箭」穿腹而過，像個殘破的娃娃懸在半空中。而那支「箭」正是那隻蜈蚣的尾足——就跟工作的煩惱一樣，任何時候都可以毫不留情地將人刺穿。至於致力抵禦蜈蚣的麒麟與狻猊，則被牠當成口香糖嚼了，吐出的殘渣只剩下骨頭與沾著血肉的毛屑。聖獸被滅，所以輕書的項鍊也碎了一地。

京平雖然是腳本設計者，但也不知道結局會這麼慘烈——他只設計怪獸與挑戰的設定，至於結局是什麼，就要看訓練者自己的造化了。

樹慈再也無法坐視不管，他現露了五目——

京平說：「慈哥，我勸你不要——」

話還沒說完，樹慈便摀著胸跪倒在地，口中嘔出了鮮血，臉上的五目仍半閉著，無法張開。

京平皺眉。「我說過了，不可以出手。」

果然是那顆膠囊發揮了功效，抑止了樹慈的明王化身。

然而即使都見血了，樹慈還是不放棄發動自己的天照之力，硬是睜開了金剛夜叉尊的五目。但他的力量越大，體內的抑止也越劇烈，他的四肢沉重到連地板都凹陷龜裂了，甚至抬頭瞪一眼京平都做不到。

「慈哥，你這樣我很困擾。」京平不滿地說：「我並沒打算傷害你。」

「閉嘴……我不會、不會讓輕書受傷的……我答應過她的……」

京平嚴厲了：「你這次幫了她，她以後一樣會被蜈蚣吃掉！她無法救自己。」

「保護她是我的責任，」樹慈努力挪動四肢，往前攀爬。「不是小輕的義務……」最終卻還是被壓回凹洞中無法動彈。

京平看到凹洞裡都是他咳出的血，忍不住咒罵一聲：「蠢蛋。」他揮出了鐮刀，但難得陷入困惑中——他拿鐮刀要做什麼？要救輕書嗎？然後讓她之後遇到相同的情況時依舊無法自救……

他嘖了一聲，收回鐮刀，更拔了耳麥。看來他真的得狠下心，讓輕書高燒一週，一個字也寫不出來，才能讓她浴火重生，學會面對未來更多困境，而且不再天真——即使她方才那番熱愛與尊重自己筆下人物的言論曾讓他心動了一下。

蜈蚣帶著垂在牠尖刺上的洛索遺骸，以勝利者之姿慢慢地爬向輕書。輕書低著頭，似乎喪失了鬥志與戰力。

就在蜈蚣垂下頭、張開不知已撕裂多少夢想與創意的獠牙，打算吞下輕書這道佳餚時，輕書卻開口了：「混蛋……」

蜈蚣歪了歪頭。

「不可原諒……」

蜈蚣一震。

輕書雙手撐地，爬起了身，此時她頭頂上的角隨著她站立的動作而茂生。

「誰准你對我的人物亂來，即使你是我的飯碗，我也不准你傷害他們……有錢……有錢就了不起嗎？」

生角的輕書擁有一股凜然不可侵犯的氣息，她每靠近一步，蜈蚣便退後一步。

京平屏息地看著一切。

樹慈再痛苦，也掙扎地抬著頭，不讓輕書離開自己的視線。

「我要——結果你！」

輕書端起雙手，開始結印——那道印符樹慈從沒有教過她，可是輕書卻能順暢無礙地全程比劃完成，並確實對蜈蚣產生了鎮壓、扭曲的作用，只見蜈蚣的萬足毫無章法地響著「喀吃喀吃」的聲響，而且越來越快，像是紡織廠裡被蒸氣帶動、運轉快速的線軸。

輕書最後大喝一聲：「破！」

蜈蚣的頭顱咻地一下，被一陣風劃離了身體，墜落在地面。

輕書喘著粗氣，瞪著那顆蜈蚣的頭。

「我……我成功了嗎？」

但奇怪的是，蜈蚣的身體沒有倒下。

直到這時，輕書才有時間看仔細蜈蚣的腹下——牠的腹下懸掛著一顆顆像是粉圓的東西……

「咦？」

那一顆顆粉圓開始脫落，滾在地面蠕動著、掙扎著、好像要蛻化出什麼新生命的強勁態勢……

輕書覺得不太妙，輪到她開始後退，方才的霸氣已經被這些粉圓嚇得灰飛煙滅了。

她想起一句名言，套在這裡再適合不過——

殺了一隻蜈蚣，還有千千萬萬隻蜈蚣！

輕書腳軟了，再也動不了，眼睜睜地看著那顆顆粉圓化為成年蜈蚣，一條條地朝她奔流而來……始終被樹慈、洛索守護著的她，即使大發了一頓脾氣、激發了好像有那麼一回事的潛在力量，終究還是敵不過殘忍的工作現實嗎？編輯與寫作，麵包與夢想，最終還是只能選一個嗎？

輕書覺得很不甘心，閉上了眼睛——

「要不要……」忽然，她耳邊吹來了一記聲音。「我幫妳？」

輕書一愣。誰？誰啊？是誰在說話？

聲音又說：「給我名字，讓我塑形，我就幫妳。」

輕書冥冥中好像明白了什麼……

「要！」她睜開眼，眼中不是喪志。「我要你！」

「給我名字——」

輕書倒抽一口氣，因為在她閉目的幾秒之間，蜈蚣大軍已經被催生到鋪天蓋地的地步了。

聲音再催促：「快給我名字——」

「唔——」頭又是一陣刺痛，但讓她痛得意識清楚、精神振奮。「你叫育空——你是，不動明王！」

聲音一落，她身後伸出了一雙的手——那是一雙皮膚白皙、纖細、精緻、看不出是男人的手，然而僅僅是輕輕地碰觸到地面，地表就為之震盪，不用輕書吹哨，便在眨眼的瞬間生出了疊疊層層的崇山峻嶺，以及攀延其上的萬里長城。

而輕書便身在安全無虞的城樓上，吹著寒冽的北國朔風，怔怔地俯瞰著被長城隔離在另一邊的蜈蚣大軍。

蜈蚣大軍像是石化了一樣，動也不動。

輕書猜，應該是因為她身旁站著的那個男人的緣故。他插著腰，一腳踏在垛口上，威風凜凜地俯視著這批賤蟲。

她怯怯地抬頭看著男人——他的身形並非孔武有力，但高挑精實，身穿緊身的黑色甲冑，外罩一件用白羽織成的連帽掛衫，掛衫被北風扯得獵獵作響，卻更加深了他悍然不動的挺立形象。

「妳想要怎麼處理這些賤蟲呢？」男人開口，聲音優雅悅耳。「主人？」

他脫下兜帽，露出了他垂在左側的黑色髮髻、遮住左眼的眼罩，以及一張斯文淨白、和眼罩及他的名號完全不相稱的俊美臉蛋。

輕書呆呆地看著他，喃喃地說：「……和牠們和平……共處。」

她剛剛說有錢就了不起只是氣話，她還是需要工作的，這樣才能繼續實現創作的夢想。

男人笑了笑。「明白。」

他轉回身，掀起了左眼的眼罩，往城下一掃——蜈蚣大軍開始整齊劃一地後退，遇岩縫便藏岩縫，遇樹林便藏樹林……很快的，蜈蚣藏於萬物的動靜當中，並不是被殲滅或遺忘，而是蟄伏，直到牠們被允許出來、被「恩賜」淨化的時候。

大地恢復了一片光明、乾淨。

「在妳完成結局之前，我保證，牠們不會打擾妳的，主人。」男人說。

她和樹慈做不到的事情，眼前這個男人卻信手捻來，像摘一朵花這麼容易。
輕書急切地站起身，但或許是嚇壞了，也可能精疲力竭，眼前一黑，就這麼倒進男人的懷抱裡。
昏睡前，輕書糊糊塗塗地問：「你……到底是誰？」
「我是育空啊，主人。」男人含笑地說：「妳的決心生出的第二尊明王是也。」

Chapter 11

披薩吃到飽祝新書大賣！

輕書和樹慈兌現了承諾，在家開了一個「手做披薩吃到飽」派對。但是時間卻是推延了半年後才舉辦，而且開趴慶祝的目的不只是因為輕書的特訓成功……
還有以洛索、洛螢為主角的《降神》前傳順利完稿，並且經過一番激烈的篩選，終於入選了頂尖原創網的書展選書計畫，預計在年後的萬畝國際書展上推出首刷實體書。
「來，乾杯——」輕書站起來，帶頭發號乾杯司令。
「小輕辛苦了，哥哥得好好幫妳滋補一下。」樹慈擁著輕書，心疼地親吻她的額頭。
「謝謝小輕姊帶我們走完全程。」洛螢喝著甜甜的果汁，喜孜孜地說。

「聽說我在特訓的時候為了救妳而死狀悽慘，妳要不要補償我什麼？啊？」有點醉意的洛索開始亂說話。

「你的奶酒可以拿遠一點嗎？味道好臊啊拜託。」育空笑臉迎人，用最優雅的語調說出最尖酸刻薄的話。

「慈哥，我點的牡蠣起士披薩還沒好嗎？我中餐沒吃多少，就等你這一餐啊。」京平只在意他操勞一天的肚子，頻頻看錶。

儘管大家還是老樣子、各說各話，但輕書能夠順利出書，依舊是每個人心中最關注的大事，如今因為各方人馬大力襄助、配合與支持，終於成事，確實值得舉杯好好慶祝。

大家各自端起裝著可樂、果汁、啤酒、奶酒與甜味調酒的玻璃杯，用力碰杯後一舉乾下，氣氛更熱絡了。所謂的大家，除了貴為今日主角的輕書、剛下班趕過來的京平、穿著圍裙時時在看顧烤箱的樹慈外，還有在《降神》前傳上山下海、赴湯蹈火在所不辭的洛索、洛螢兄妹。當然，輕書家的新成員育空更是護航這次創作的大功臣，也入列在席。

京平沒見過育空幾次，自從他在上回的特訓中誕生後，這是他第三次見到他。他跟樹慈完全是相反的類型，如果說樹慈熱情如火，那麼育空便和他的外表一樣，淡定如冰——他的身材就像芭蕾男舞者一樣，精實但纖細，動作內斂而雍容，他還擁有一頭月色短髮，前面的瀏海往左撥分，恰恰好地遮住了他的左眼，和他迷濛的右眼一起構成了他寧靜而神祕的氣質。

育空發現京平在打量他，嫣然一笑，撐著臉頰說道：「京平先生，既然你幫我們家主人出了書，那你有評估過我家主人的書會賣多少嗎？預付金雖然先付了，但希望你預估一下要多久才可以讓我家主人開始抽版稅？你在行銷資源上撥了多少給她？書展有辦簽書會嗎？如果書賣不好，到時候你別推說是因為我家主人的人氣經營不夠，這種出版社最愛用來推託自己行銷不給力的藉口我可是不會接受的，哦呵呵呵……」

但此人精明苛刻的嘴巴和他身上的氣質一點也不相稱，總之，輕書身邊又出現了一個厲害角色，以後合作恐怕也是多災多難。

不過……

當這個作家懷胎超過十個月以上的作品寶寶，如今真的誕生成一本真真實實的實體書時，並且就讓他拿在手上、要當成禮物送給作家——這份感動讓京平想……他還是會心甘情願地承受這些災難吧。

「來，小輕。」京平拿出樣書。「妳的新書。」

喝了甜味調酒、臉頰紅得像蘋果的輕書，呆呆地望著《降神》前傳的封面——出版社邀請到業界最擅古風的繪師，為洛索、洛螢量身打造專屬形象、服飾與動作，確保封面主視覺強烈到足以在百花齊放的書店裡讓讀者發現這部作品的存在。

「這一路來，辛苦妳了。」京平難得語氣溫和。「收下吧。」

輕書激動地接過樣書，洛索、洛螢也湊了過來。

「小輕姊，這、這是我嗎？」洛螢興奮地問：「我哪有那麼漂亮啊？」

又喝了一盅奶酒的洛索反應跟他妹完全相反。「媽的，那個繪師手殘啊，把老子畫得這麼娘！」

輕書顫顫地翻開新書書頁，深深地嗅聞了一下。

「唔哦哦哦哦哦哦──好香的味道！就、就是新書的味道啊──」

「當然。」這反應雖然傻裡傻氣的，但京平不反感。

端著剛出爐的披薩的樹慈趕緊阻止：「小輕、小輕，不要聞太多喔。來，哥哥幫小輕特製的瑪格莉特。」

「慈哥、慈哥！你看你看我的新書耶──」輕書扒在樹慈身上，拚命翻動著書頁，語無倫次。「香不香？香不香？好香耶──」

「好好好，看到了、聞到了，來，趁熱，快吃，乖。」樹慈看了一眼育空，要他幫忙帶一下輕書，免得她把新書當成披薩吃了。

育空慵懶地聳聳肩，挪了椅子，下巴靠在輕書的肩膀上，用撒嬌的語氣問：「嗨嗨，主人，我問妳哦，妳覺得妳的書多久會變成回頭書？欸欸，不要逃避嘛，我不是潑妳冷水，這是很現實的問題，回頭書又不是可恥的事，只是用更便宜的價格處理掉庫存嘛……如果妳不肯想這個問題，那我們來吃披薩好不好啊？來，嘴巴張開──」

京平看到樹慈翻著白眼，看來身為老大的他，也難以控制他家小弟的犀利與尖銳。但至少他在樹慈忙得抽不開身的時候，餵了輕書幾片披薩，避免她一直空腹喝著美味的甜味調酒。

樹慈接著來到京平身邊，端上牡蠣起士口味的披薩，飽滿肥厚又多汁的牡蠣一看就是上等品，鋪得披薩滿滿都是。

樹慈板著臉說：「這是謝禮，請收下。」

京平勾著嘴角。「慈哥的內傷調養得如何？」

樹慈哼道：「託你的福，我覺得我越來越強壯了。」

京平由衷地微笑：「那太好了，我接下來想吃明蝦佐明太子披薩，可以嗎？」

這對武天照的眼神交鋒，再度迸出璀璨的火花。讓第一次吃到披薩這種食物的洛索、洛螢兄妹有一些精采的畫面可以佐餐——順帶一提，他們對這個類似東北大餅配上酸奶的食物並不討厭，但海鮮的腥味有點超過他們的守備範圍了，所以他們跟樹慈另外加點孜然口味的羊肉披薩。

因為有白紙黑字的「契約」在身，舉凡京平要點什麼口味的披薩，樹慈都必須端得上桌，如此才能報答京平為輕書籌備特訓之功。

京平喝了口啤酒，看著津津有味地翻著自己的作品的輕書。

「喜歡嗎？」他問。

「嗯嗯嗯——」喜歡到連話都不會講了。

「那很好。」京平笑了一下，再問：「工作呢？最近？」

「很順利，因為育空都幫我打理得好好的，他的『萬里長城』到現在還是堅不可摧，寫稿的時候不會被工作打擾，工作的時候也可以衝勁十足……你說要怎麼轉換兩者之間的心情？放心啦，育空幫我設了城門還有甕城，穿過城門就轉換成功了，不用硬生生從長城跳下去啦，多危險啊。啊對了！」輕書拍著手掌：「忘了跟你說，南槁老師的書得到了書展大獎喔。」

「哦，我知道，老實說，我真的看不懂他在寫什麼。」

「我也是，純文學嘛。不過在我看懂的一成裡，還是讓我覺得老師不愧比我們多走了三十年的人生路。還有老師現在對我也沒那麼重的敵意了，他覺得我當初給的一些意見是正確的決定。」

京平點點頭。「文化局的案子結案了嗎？」

「順利結嘍！文化局也決定明年要跟我們續約，他覺得我們表現得很好，而且總是全力以赴。」

總之，即便過程中災難不斷，但只要有心，總是能畫上好的句點的。

京平端起啤酒杯。「妳成功了，小輕。」

輕書一愣，也趕忙端起調酒杯。「這也要謝謝京平的幫忙……」

「祝新書大賣。」

「大賣——乾杯——」

「等等，在我們喝醉前先講好。」京平抵住酒杯說：「《降神》正傳要修稿了，下週我會發編註給妳，限時一個月。新作的大綱也要構思，妳已經有想法了嗎？等一下說給我聽……」

啊啊，果然是她最嚴格的編輯，乾杯前也要先將工作都交代好。

但她很樂意。

這張「手做披薩吃到飽」派對合照，最後被輕書 po 上 U&M 動態——當然，沒有玄眼的人會覺得莫名其妙，不懂只有編輯與作家兩個人的派對要怎麼 high 起來。但擁有玄眼的人卻可以看到這位作家背後有很多支持她的人存在。

王道便看著這張照片，冷笑著。

「就說嘛，邵鐮刀看中的人怎麼可能是泛泛之輩？」

他翻開了《降神》前傳的實體書，越看越是中意。

「這樣……」他笑眼彎彎，陰森鬼氣。「才有搶過來的價值。」

後記：我們不用作家當編輯

第一次認識到編輯這個職業，是十六歲出版第一本作品的時候。負責我的責編是一位陳小姐，人很溫柔，說話輕聲細語的，非常有耐心地陪伴著一個什麼都不懂的高中生。相較之下，總編則讓我緊綳以對，深怕自己說錯什麼話教對方皺眉頭。我想這就是所謂氣勢的不同吧。

當時面對編輯，並沒有太過好奇「什麼是編輯的工作」，更多是一種自己的文字被注意到的受寵若驚，畢竟那時壓根兒沒想過要當編輯。現在回想起第一次踏入編輯部時，只記得到處都是書本和成疊的紙本稿件，燈光有點昏暗，所有工作的大人都拿著原子筆在小檯燈底下埋頭讀稿、畫稿，有人經過也不會抬頭看個一眼。總之，是一個有點亂、有些暗而且冷漠的空間，但那時什麼都不懂的我認為這就是專業（現在則覺得是無奈）。

初次看到自己的文字被排版成校對紙本稿時，感動無以言喻。這份紙本稿印在廢紙反面，左上角夾了黑色長尾夾，頁面周邊有很多成書後不會看到的線（出血線），字裡行間還有編輯的綠色筆跡，這些筆跡很奇妙，有弧線、有大圈、有豬尾巴、有像夾子一樣的く字……總之，我看不懂編輯在上頭做了什麼，只知道那是我的文字被接觸過的痕跡。或許就因為看不懂，反而讓我感受到一股權威感。

對一個第一次出書而興奮異常的高中生而言，編輯是一個會好好閱讀你作品的人，心中除了對他充滿感激之外，相信這個高中生也覺得可以這樣在校稿上亂畫的人很帥。可能因為自己深知作品被好好讀過的那股感動，冥冥中我是否也曾希望變成這種能夠在書成形之前主導一切的人？因為年代久遠，我也不知道這個高中生當時是怎麼想的。

後來，我確實因為這本書的加持，順利推甄上了東吳中文系。為了學以致用，作家與編輯理所當然成為我想像中的職業選擇，而天真的我一直覺得，作家與編輯的身分是一體兩面的，不論妳選擇哪條路，大量閱讀都是唯一路徑，訓練自己成為可以使用很多詞彙與文學技法的作家、以及擁有鑑賞力和校對力的編輯。一舉兩得，十分划算，我很慶幸擁有這兩個不相衝突的人生目標。

大學前兩年，我比較想成為的是作家；大學後兩年，開始有了出社會的危機意識，開始積極思考要如何進入出版社成為一名編輯。不知何來的自信，我想得極為美好——幾年前在出版社的探險、中文系學生的身分、一學期三學分的編輯課程訓練、始終鍥而不捨的閱讀與寫作經歷，我相信自己未來的工作非編輯不可，此刻只差一點實務經驗的養成，一切就三壘達陣了！

於是，我撥了電話，打給我唯一認識的編輯，也就是出版我第一本小說的出版社總編，向她毛遂自薦，自己願意擔任不支薪的實習生（現在很多大學的中文系都會為學生安排實習、並算入學分，但當年學校可不會為我們做這些）。我認為看在我曾經在出版社出過兩本書、以及我們談過幾句話的交情、加上不要求支薪的好康，總編一定會答應我的……

聽總編接電話的急促口氣，顯然她正在忙。忙到她絲毫不用思考，就直接回答我：「我們不用作家當編輯。」知道她似乎連寒暄都沒有充裕的時間，我便乖巧地跟她道謝，然後掛了電話。我腦子一片空白，怎麼想都不懂她那句話的意思。

總之，世界不會如妳希望地運轉，實習的幻想破滅。儘管如此，我最後還是進入了編輯業界，成為一名我一直想成為的編輯。

那通電話的十年後，我在現任老闆經營的書店舉辦新書發表的活動，那位總編因為和該書作者有交情，也在邀請的貴賓名單中。看著她上台發表她跟作家之間的相遇與相處，即使明白閱人無數的她早已不認識我，相信也忘了那通電話，但我還是好想抽空靠近她，親自和她說：「總編，我終於懂妳那句話的意思了。」

在付了高額的「學費」之後。

而《天照小說家的編輯課》想要傾訴的，就是為何「我們不用作家當編輯」的答案，只是用比較輕鬆與奇幻的方式來笑談自己走來的這十年。編輯與作家這兩個矛盾衝突的身分卻集於一身這件事，日後我還是希望可以用小說的方式來探討，不只想為大家揭開編輯與作家的神秘面紗，其實也想為自己找到答案。

但願我也能像輕書一樣，一手執編，一手創作，找到平衡與突破。

關於後空間

各大美式漫畫、系列影劇、甚至玩具產業，分別上演著史詩般的「大事件」（event），各路英雄們之間的聯手及對抗，成為粉絲津津樂道的話題與閱聽體驗。在這背後運作的是，一個能串連作品（crossover）、形成虛構宇宙（fictional universe）的合作模式。

我們將透過文字的形式，開拓出前所未有的「小說宇宙」。

這是新的創作策略，一個聯手其他作者共同創作的機會，讓不同作者、不同作品能夠彼此相互加成，同時打造故事的品牌，藉此培養讀者社群，也避免了單一作者或單一作品的孤軍奮戰。

透過角色的穿梭，可以看到A故事的主角到B故事跑龍套，或是這一家的大魔王撒野到隔壁棚，借助或制衡其他故事角色的力量。藉此豐富小說的趣味及建構更龐大完整的世界觀，同時送上滿滿的彩蛋及伏筆。

現在，在座的嗜讀者以及創作者們，歡迎各位來到這個充滿無限可能的小說宇宙。

書系推薦

匿名工作室
John Doe Studio
白小寞 著

Fic-Universe 001
ISBN : 978-986-94135-3-4
出版日期 : 2017.04.17
定價 : 240 元

擁有「筆念」的人能透過傾聽、閱讀、觀賞和創作，自由穿梭在由世間創作者共同編織的平行時空—— The other world，那是一個藉由「筆念」才能踏入、由「完美」和「遺棄」編織的極端世界。

一個重拾寫作初衷的少女，一身淺藍色睡衣的老闆，泡麵和電動不離手的宅女，十八般武藝樣樣通的不良混混和一隻無法招財的胖貓。每位成員各司其職，攜手拯救那些被遺忘的作品角色，重建並維持著另一個世界的和諧，同時對抗邪惡的盜版組織，交織各方勢力的正面交鋒，一段創作者保護世間作品的冒險就此展開。

在作者白小寞筆下，夥伴間的信賴及羈絆、父女跨越生死的深刻情感，以及創作者追尋榮耀的自尊皆深刻銘心，細緻的描寫更是能一窺作家的寫作生活，同時帶領讀者進入刺激的戰鬥場面，前所未有的史詩戰爭與現實的出版日常並行，成為想像力就是超能力的最佳詮釋。

此外，透過詼諧的筆風，對現實社會的嘲諷，展現打擊盜版的決心，並傳達創作者必須對自己作品負責任的態度，在這個奇幻而奔放的架構底下，將是全新的閱讀體驗。

世界末日帶上貓

Doomsday with Your Cat

天川 著

Fic-Universe 002
ISBN : 978-986-94135-2-7
出版日期 : 2017.04.17
定價 : 300 元

殭屍瘟疫失控後就住進嘉義避難所的高中生陳武，在一次意外後失去所有依靠，帶著疫苗半成品和橘底白紋貓咪，逃往台北的實驗室。衝出殭屍包圍圈時，貓咪奶油為了救陳武而感染病毒，在慌亂中他只好把疫苗半成品注入奶油體內，沒想到，奶油不但意外痊癒，還能像人類一樣思考和說話。

繼續逃往台北的途中，陳武遇到制服美少女佳佳成為伙伴，也撞上兇殘流氓鱷魚幫交手幾次惡鬥。殭屍和鱷魚幫已經夠難對付，陳武和佳佳還被比殭屍力量更強大、體質更堅韌的突變種纏上。他們有辦法穿越重重阻礙，順利抵達台北的實驗室嗎？

作為新一代喪屍小說作家，作者天川結合了歐美系喪屍題材、日式人物互動、台灣原創敘事風格，不但讓冒險歷程栩栩如生，更別出心裁的是，將日常對貓的觀察，轉化為超能力殭屍貓的靈活表現。

長達四百頁的大逃亡故事，精準掌握節奏感和畫面感，每一幕都毫不偷工減料，讓讀者身歷其境，文字化為影音俱備的立體效果，是多年來少見的小說規格。

陰間出版社

Publisher of Nether World

鄭禹 著

Fic-Universe 003
ISBN : 978-986-94135-4-1
出版日期 : 2017.05.15
定價 : 240 元

小說在陰間大受歡迎？！竟然還要替我辦簽書會？

原本只是立志當一個普通的小說家，作夢也沒有想到自己會成為陰間紅人，受邀前往陰間舉辦簽書會，同時必須暗中執行計劃，拯救受自己牽連的朋友。過程中捲入了一場多年未解的陰謀，少年不但要面對來自異世界的勢力威脅，黑暗中更是潛伏著未知的敵人悄悄將魔爪伸向出版社，少年決定起身對抗，拯救陽間的和平，以及自己所剩無幾的凡人生活。

想要加入服務死者的陰間出版社，請先參考合約：『若簽約者無法達成合約條件內容，如一年未繳交三本書稿，或違反終生保密原則，以任何形式向出版社以外人士提及關於出版社任何事情，即視同毀約。毀約者在行為發生後一小時內，出版社將有權取走簽名者之抵押品——簽名者的靈魂。』

作者鄭禹靈活的描寫讓死後世界呈現了全新的面貌。陰陽兩界的穿梭冒險、層層未解的謎團，加上許多看似不可能的任務，在他筆下都成了讓人驚嘆連連的巧思。一手拿著筆，一手拿著來自異世界的道具，一場靈魂宿命交織在一起的傳奇即將展開。

AGORA PRESS
創詠堂文化事業有限公司

後空間 004 Fic-Universe

天照小說家的編輯課

Editing Course of Amaterasu Novelist

天照小說家的編輯課 / 李偉涵著. -- 初版. -- 新北市 : 創詠堂文化, 2017.06
面 ; 公分. -- (後空間 ; 4)
ISBN 978-986-94135-5-8(平裝)

857.7　　106007426

ISBN 978-986-94135-5-8
Printed in Taiwan

作　　者　李偉涵
主　　編　王鐘銘
責任編輯　王鐘銘
美術編輯　林汶珮

社　　長　陳朝興
發 行 人　陳文隆
出 版 者　創詠堂文化事業有限公司
地　　址　22063 新北市板橋區重慶路 69 巷 18 號 2 樓
電　　話　886-2-2962-2310
傳　　真　886-2-2963-2416
服務信箱　AP2016@agorapress.com.tw
法律顧問　寰瀛法律事務所　劉志鵬律師、林怡芳律師
初版一刷　2017 年 6 月 12 日

定　　價　240 元

總 經 銷　時報文化出版企業股份有限公司
電　　話　886-2-2306-6842
地　　址　桃園市龜山區萬壽路 2 段 351 號
印　　刷　通南彩色印刷股份有限公司
地　　址　新北市中和區中山路二段 359 巷 3 號 1 樓